徳 間 文 庫

有栖川有栖選 必読！ Selection11

シェイクスピアの誘拐

笹 沢 左 保

徳 間 書 店

CONTENTS

KIDNAPPING OF SHAKESPEARE THEATER 1984

Design：坂野公一（welle design）

Introduction

有栖川有栖

笹沢左保が残した著書は三百八十冊超。さらに上を行く作家もいるが、他の量産型人気作家と比べて特徴的なのは、短編の比率が高いことだろう。その数は約四百編。雑誌などに掲載されたまま単行本に未収録のものがどれだけあるのか定かではない。〈トクマの特選！〉編集部の発掘調査でも「掘ればまだ出てくる」とのこと。

数が多いだけではなく、クオリティも高い。日本推理作家協会（およびその前身の日本探偵作家クラブ）は、毎年優れた短編ミステリで年鑑を編んでいる。笹沢の短編が採られた回数は二十回にも及ぶ。

人気作家の名前は小説誌の目次に欠かせない。依頼に応えて各誌で連載をするわけだが、長編連載を掛け持ちするのにもおのずと限界がある。もう無理だと断わった場合、「では、せめて短いものを」と編集者が食い下がり、原稿依頼を断らない笹沢は短編も量産することになったようだ。

推理小説、風俗小説から時代小説までいくつものジャンルをこなす作者には、「短いもの」のオーダーはしやすかったであろう。「推理小説特集を組むので」「男と女の物語特集に」「来月の時代小説特集にもご登場を」という具合に。

頼まれるままに書いた短編を単行本に収録する機会を逃し、埋もれてしまっているものがある一方、作者が執筆時から一冊にまとめる意図（なんらかの趣向）を持ちながら書いてできた連作短編集にはユニークなものが多い。

たとえば、地の文がなく会話だけで書かれた短編で揃えた『どんでん返し』（一九八一年）、意見が対立しがちな二人のライバル刑事が交互に謎を解く短編集『セブン殺人事件』（八〇年）など。一編ずつの面白さと同時に、一冊の本として楽しんでもらおうという作者のサービス精神と常に新機軸を打ち出そうとした創作姿勢が表われている。

〈必読！ Selection〉第十一弾にして初の短編集である本書『シェイクスピアの誘拐』にも飛び切りの趣向があるのだが、何かのテーマで揃えた、というのではない。その反対に、ミステリの様々なテーマに散らしてできた八編からなる短編集なのだ。

どういうテーマなのか、扉から抜き出すと、次のとおり。

暗号と殺人、安楽椅子と殺人、倒叙と殺人、不在証明と殺人、動機と殺人、人物消失と殺人、完全犯罪と殺人、怪奇と死体。

倒叙＝犯人の視点から描かれたミステリ。安楽椅子＝椅子に座ったまま推理するだけで事件を解決させる名探偵。当時はややマニアックだった用語を平然とまぶしているのが興味深い。

表現については少し言い換えたくなるものもある。いちいち「殺人」と付けなくてもいい気がするし。とかいう話はひとまず置いて――。

非常にバラエティ豊かな短編集であることは〈作者の言葉〉からもお判《わか》りいただけるだ

ろう。さながら武蔵坊弁慶《べんけい》が七つ道具（八編だから八つ道具か）を順に使ってみせるパフォーマンスを見るかのようなのだ。

「バラエティ豊か」だけでは不充分か。

あちらに軽くボールを投げ、こちらにもふわりとボールを投げている、と思われてはいけないので言葉を足す。この本に収録されている作品は、一編ずつのミステリ度がとても濃い。そこまでアイディアを詰め込みますか、というものもある。

冒頭の表題作からして、どれだけの謎が出てくることか。大袈裟《おおげさ》ではなく、ここに投入されているアイディアは、質・量とも長編ミステリを支え得る。

ハムレットを演じる俳優が舞台で台本にない不可解な台詞《せりふ》を口にした。これが暗号なのだが、いかなる想いを客席の女優に伝えたかったのだろうか……などという長閑《のどか》な話ではない。それを解かなければ、誘拐されている彼女の息子の命が危ないのだ。

どういう状況なのかを知りたくなったら、すぐにページをめくってお進みください。

1984年　初刊　講談社ノベルス

シェイクスピアの誘拐

KIDNAPPING OF SHAKESPEARE THEATER

シェイクスピアの誘拐
――暗号と殺人

1

二十五日間の公演は、大盛況のうちに千秋楽の日を迎えた。

二十五日間の七割が、空席はひとつもないという大入りであった。あとの三割にしても九分の入りだから、満員と大して変わらない。

東都劇場の広大な客席を、二十五日間もほぼ満員にさせてしまうのだから、驚くべきハムレット役者の人気と演技力だった。

上杉夏也が一年に二回ずつ公演する『シェイクスピア劇場』は、文句なしに黒字を稼ぎ出す興行として、五、六年も前から知れ渡っている。

そうした評判が、また全国から客を集めることになる。

人気とは、そういうものだった。しかも、評判だけに終わることはない。なるほど大黒字になるのは当たり前だと、誰もが納得するような名舞台、名演技に上杉夏也は観客を酔わせるのである。

上杉夏也が演ずる『ヴェニスの商人』のシャイロック役、『冬物語』のレオンティーズ役、『オセロー』のオセロー役、『マクベス』のマクベス役、『ロミオとジュリエット』の修道僧ロレンス役となると、もう公演は大成功と決まっていた。

特に毎年一度はやることになっている『ハムレット』は、今回のように大入り満員が続く公演になるのだった。

ハムレット役者とまでいわれている上杉夏也の舞台を見るのが目的で、九州や北海道からわざわざ上京してくるファンも少なくなかった。

上杉夏也は、四十歳になる。

新劇界の大御所とされるには、まだ若すぎるが、すでに重鎮であることは否定できなかった。

その演技力と人気は、誰も無視できないのである。

テレビ・ドラマにはいっさい出演しないのに、大衆受けするという不思議な一面を持っている。

上杉夏也が主演した映画は、必ずヒット作品になるというのも、彼の演技力の魅力を裏付けていた。

個人的には、変わり者で通っている。およそ役者らしくなく、彼は日常において退屈しきっている男なのだ。

芝居の稽古にも、決して熱心なほうではない。演出をという話があっても、面倒なことは嫌いだからと相手にしない。努力型ではなく、天才型の役者なのだろう。

上杉夏也の私生活についても、詳しいことはわからなかった。離婚歴が二度あって、現在は独身である。

大田区の田園調布に豪邸をかまえていて、そこに家政婦と二人だけで住んでいる。いまのところは、女関係の噂もまったくなかった。

若くして功成り名を遂げたわけであり、役者である限り当分は生活にも困らない。しかも天才肌の上杉夏也には、傲慢不遜《ごうまんふそん》なところがあった。

そういう上杉夏也を、松永連太郎はあまり好きではなかった。

しかし、それはあくまで、個人的な感情である。仕事となれば、好きも嫌いも言っていられない。

松永連太郎もシェイクスピアの研究家として知られ、その舞台の演出家では一流とされている男だが、相手が上杉夏也となると多少の誇りは捨てなければならない。

まあ公演さえ無事にすませて、舞台に支障を来たすようなことがなければ、文句をつける必要はないだろうと、松永連太郎も今日まで上杉夏也に対する私的感情は、いっさい抑《おさ》えて来たのである。

六月二十五日の夜——。

松永連太郎は、東都劇場の客席にいた。中央の特別席にある演出家専用の椅子に、松永連太郎は腰をおろしていたのだ。

松永連太郎が専用の席にすわるのは、初日からの三日間と、千秋楽に限られていた。初日からの三日間は、演出にそぐわない芝居をする役者を観察して、ダメを出すためだった。

千秋楽の客席に姿を現わすのは、これで無事に終わったという感慨を味わうのと、打ち上げのパーティに顔を出すことが目的だった。

『ハムレット』の舞台は、順調に進行している。

千秋楽という意識が働くから、役者たちも大熱演である。もちろん客席は、空席ひとつない満員であった。観客たちは完全に、上杉夏也のハムレットに魅了されていた。

松永連太郎は、同列の席に柏原絵美がいることに気づいていた。すでに三十五をすぎているはずだが、相変わらずハッとさせるような柏原絵美の美貌だった。

十年ぐらい前まではスター中の大スターといわれ、美人の代名詞にもなっていた映画女優である。

その柏原絵美は十年ほど前に、惜しまれながらあっさりと引退してしまった。結婚のための引退であった。

結婚の相手は、貿易界のプリンスといわれた少壮実業家で、資産数十億と当時の週刊誌が騒ぎ立てたものだった。

しかし、その若き実業家のプロポーズに柏原絵美が応じた理由はほかにあると、そのころの松永連太郎は耳にしていた。

その時点では妻がいた上杉夏也に、柏原絵美が失恋したのだという噂であった。それで柏原絵美は芸能界にも嫌気がさして、引退と同時に結婚したというのである。

だが、柏原絵美の結婚生活も、長くは続かなかった。男の子が生まれて二年後に、夫がニューヨークで強盗に襲われ、ピストルで射殺されたのであった。

その男の子も、もう五歳ぐらいになるのだろう。

柏原絵美は再婚することなく、未亡人として三年間を過ごしているのである。そうした柏原絵美がいま、上杉夏也の舞台を食い入るような目つきで見ているのだった。

松永連太郎は柏原絵美の熱っぽい眼差《まなざ》しに、一種異様なものを感じていた。それは演出家としての勘かもしれないが、一般の観客とはまったく異質な目つきであった。

憎悪――。

あるいは、恋慕の目なのだろうか。

少なくとも、柏原絵美が見ているのは舞台ではなかった。彼女の視線は、ハムレットすなわち上杉夏也だけに、突き刺さっているのである。

十年ほど前に、上杉夏也と柏原絵美は映画で共演した。それが縁で親しい仲になった二人だが、上杉夏也は柏原絵美の愛を受け入れなかったという。

当時のそのような噂が事実であって、いまもなお上杉夏也への柏原絵美の愛が尾を引いているとしたら――。

松永連太郎はふと、美しき未亡人の胸のうちを、俗っぽく解釈していた。

舞台はクライマックスを経て、終幕に近づきつつあった。

毒が回って、ハムレットは苦悶を続けている。

倒れたハムレットが立ち上がって、それでも男か、杯をよこせ、手を放せ、ええいよこせ！　と叫んで杯を床に叩きつけてまた倒れる。

台詞《せりふ》は、次のように続く。（註・木下順二氏の訳による）

ハムレット　ああ、ホレイショー、どんな汚名があとに残るか分らない。
事態がこうして知られぬままに終ったら！
もしハムレットのことを思ってくれる気持があるなら、
天の祝福にあずかることを暫くがまんして、
このつらい現世で生きる苦しみに耐えながら、
ハムレットの物語を伝えてくれ――

ここで、遠くからの軍隊の行進の音、一発の砲声が聞こえて、オズリックが出て行く。ハムレットが、何だあのものものしい響きは、と問いかける。オズリックが戻って来て、ノルウェイ王子フォーティンブラスがポーランドに勝って引きあげる途中、イギリスの使節に出会われての礼砲でございますと告げる。

ハムレット　ああ、お別れだ、ホレイショー。劇《はげ》しい毒に気力もしびれ果てた。イギリスからの使いを待つまで命はもたない。ただひとことといっておくが、選ばれて王になるのはフォーティンブラス、これが最後に残す言葉だ。そうフォーティンブラスに伝えてくれ、それと一所に大小のことがらも、なぜこうなったかについての——あとは、ただ沈黙だ。

と、ハムレットは死ぬことになり、そのあとにホレイショーの台詞が続くのである。舞台は、そこまで進行していた。ハムレットの最後の台詞が始まった。

だが、間もなく松永連太郎は、愕然《がくぜん》となって腰を浮かせていた。突如として上杉夏也が、脚本にない台詞を口にしたからであった。そのことにすぐ気づいたのは、舞台にいる役者たちと松永連太郎だけだった。

観客は同じ舞台を何度も見ているわけではないし、台本の内容を暗記しているはずもない。ハムレット役者が舞台で、勝手な台詞を喋《しゃべ》るなどとは、夢にも思わないだろう。観客は上杉夏也という名優を、信じきっているのである。

それに、上杉夏也が口にしたのは、いかにももっともらしい台詞だったのだ。観客のあいだに、どよめきが広がったりはしなかった。

客席はシーンと静まり返っていて、観客全員の目がじっとハムレットの死を見守っている。

舞台にいる役者たちは、必死になって動揺の色を隠そうとしていた。特にホレイショー役の若い俳優は、ややオーバーに表情を作っている。

「ああ、お別れだ、ホレイショー。劇しい毒に気力もしびれ果てた」

このあとに上杉夏也は、自分で作った台詞を入れたのである。

「この城にいて、三人の心を通じ、三人の目で見た三つの世界、その大いなる眺《なが》めよ」

脚本にない台詞というのは、これだけであった。

それだけ喋ってから、上杉夏也は本来の台詞に戻ったのだった。

「イギリスからの使いを待つまで命はもたない。ただひとことといっておくが、選ばれて王になるのはフォーティンブラス、これが最後に残す言葉だ。そうフォーティンブラスに伝えてくれ、それと一所に大小のことがらも、なぜこうなったかについての——あとは、ただ沈黙だ」

これを最後の台詞として、上杉夏也が演ずるハムレットは死ぬ。

「ついに砕《くだ》けてしまった、気高《けだか》い魂よ。おやすみなさい、やさしかったハムレットさま……」

ホッとしたせいか、やや高い調子になって、ホレイショー役の俳優が自分の台詞を声にした。

「上杉のやつ……」

怒りを覚えて松永連太郎は、胸のうちでそうつぶやいていた。

舞台のうえでプロの役者が、自作の台詞を喋るといったことは、前代未聞の珍事件である。まして、シェイクスピアの『ハムレット』なのだ。

上杉夏也はシェイクスピアを冒瀆《ぼうとく》し、翻訳者や演出家、それに仲間の役者たちを無視したのであった。

そうした遊びが、許されるものではない。天下の名優であろうと、傲慢《ごうまん》にして不遜《ふそん》な上杉夏也のやり方には、責任追及の必要が十分にある。

不良役者として演劇界から、追放すべきではないかと、松永連太郎は青い顔になっていた。

だが、そのときまたしても、奇妙なことが起こった。突然、柏原絵美が席を立って、通路を足早に最短距離にある出入口の扉へ向かったのである。

舞台の幕は、まだおりていない。フォーティンブラスとホレイショー、それに使節のやりとりが続けられている。それが終わってから、兵士たちがハムレットの死体を運び出して、幕となるのであった。

当然のことだが、いま席を立つ観客がいようはずはなかった。あと数分間で、幕がおりる。幕がおりるまで席についていなければ、芝居を見たという気がしない。

それなのに、柏原絵美は終わろうとしている舞台の芝居に背を向けて、さっさと去っていったのである。

上杉夏也が付け加えたデタラメな台詞は、柏原絵美に何かを伝えるための暗号ではなかったのか。

そう気がつくと同時に、松永連太郎も立ち上がって、柏原絵美のあとを追っていた。

2

柏原絵美は、地下二階の関係者専用駐車場へ向かった。

どうやら絵美は、関係者専用駐車場に自分の車を停めてあるらしい。松永連太郎は大股に、絵美のあとに従った。五十という年のせいか、松永の息ははずんでいた。

柏原絵美は靴音を聞いても、振り返ることがなかった。気持ちに焦りがあるのか、そうでなければ歩きながら考えに沈んでいるのだろう。

松永連太郎と絵美は、互いに顔をよく知っていた。舞台専門の演出家でも、松永のように大家と目されていると、顔が広くなるのだ。

一緒に仕事をしたことがなくても、演劇人や芸能人である限り、松永連太郎の顔を知っている。絵美はかつて大スターともいわれた女優であり、数少ない舞台出演はすべて松永の演出によるものだった。

親しい間柄ではないし、ここ何年かは会ってもいない。個人的な付き合いは、まったくないということになる。しかし、松永と絵美は一緒になれば、気安い口もきけるはずなのである。

絵美は、緑色のベンツの運転席に、乗り込んだ。

「絵美さん」

松永は、助手席の窓ガラスを叩いた。

「あら……」

驚いた顔になって、助手席のドアのロックをはずした。

「どうも、しばらく」

松永は、助手席のドアをあけた。

「先生、すっかりご無沙汰してしまって……」

絵美は元女優らしく、華やかな笑顔を作った。

「お互いさまだ」

「ハムレットを、見せていただきましたわ」

「知っているよ」

「え……?」

「五つばかり離れてはいたけど、ぼくも絵美さんと同じ列の席にいたんでね」

「そうだったんですか。どうも気がつきませんで、失礼いたしました」

「そんなことはどうでもいいんだが、とにかくあなたのあとを追って来た」

「何かご用が、おありだったんですか」

「これから、どこかへ行くのかね」

「真っ直ぐ、家に帰ります」

「あなたの家は……」

「高円寺です」

「実は、絵美さんに話がある。高円寺まで、乗せていってもらおうか」

「先生のお宅は、大森じゃなかったんですか」

「うん。まあ反対方向ってことになるけど、車の中で話したほうがいいんでね」

「では、どうぞ」

不安そうに顔を曇らせたが、それを誤魔化《ごまか》すように絵美は笑った。

「すまないね」

助手席に、松永はすわった。

ベンツは滑るように走って、やがて日比谷の交差点に近い地上へ出た。絵美のほうから、話しかけてはこなかった。彼女は、考え込む横顔でいた。

松永はルーム・ミラーに、遠ざかる夜景の中の東都劇場を見た。千秋楽の舞台を最後まで見なかったのは、今度が初めてであった。また打ち上げのパーティに、松永が姿を現わさないということで、ちょっとした騒ぎになるのに違いない。

だが、そうしたことは、どうでもよかった。

舞台で役者が、自分の台詞を喋ったという前代未聞の事件を、解決することのほうが先決だった。

　解決するには、まず真相を知ることである。

　酔った勢いで上杉夏也と殴り合いの喧嘩をするよりも、打ち上げパーティに顔を出さないほうが、はるかに賢明といえるだろう。

「坊やは、いくつになったんだろう。六歳ぐらいかな」

　松永連太郎は、そんな話から始めていた。

「来年は、小学校ですわ」

　スピードを出さずに、絵美は安全運転を続けていた。

「いいね」

「先生、お子さんは……」

「いない」

「あら、そうだったかしら」

「ひとりだけいたけど、死んだよ。遅くなってできた子どもだったので、ぼくも女房も可愛がりすぎてね。それだけに、死なれたときはショックだった」

「ごめんなさい、悲しいことを思い出させてしまって……」

「そのショックで以来、女房は癈人同様でね」

「お気の毒に……」

「幼稚園児の坊やは、何という名前だったかな」

「夏彦です」

「夏彦君か。上杉夏也の夏を、もらったんじゃないのかね」

「いやですわ、先生。主人の父が、つけてくれた名前ですもの」

「ところで、絵美さんは再婚を考えてはいないのかな」

「考えてもいないって言えば、嘘になるでしょうね」

「再婚の相手に、上杉夏也はどうだろう。いまの彼は独身だし、十年前の噂をそのまま実現させるというのも悪くない」

「先生はいつから、芸能記者になられたんですの」

「全面的に否定するつもりかね」

「先生の演出、上杉さんのハムレットとなると、いつもながら完璧な舞台ですのね。今夜もわたし、感動させられました」

「感動した観客というものは、幕がおりて拍手が鳴りやむまで、席を立ったりはしないだろう」

「先生……」

「幕がおりる直前に、立ち上がって客席を出て行くというのは、実に不自然な行動じゃないか」

「それは、とても申し訳ないことだと、思ったんですけど……」

「それに絵美さんはいま、上杉の完璧なハムレットという言い方をしたけど、役者が台本にもないことを勝手に喋ったりする言語道断の舞台を、どうして完璧だなんて称賛できるんだ。あなたはあの上杉のデタラメの台詞を聞くと、すぐに席を立ったじゃないか。あなたはハムレットの舞台を見に来たのではなく、上杉の自作の台詞を聞くために客席にいたんだ」

「ちょっと待って下さい、先生」

「あなたは今回の舞台の脚本を、熟読しているんじゃないのかね。特にハムレットの台詞というものを、完全に記憶できるまで読んだはずだ。上杉が脚本にない台詞を喋ったら、すぐにそうと気づくようにするためにだよ。どうだろうか絵美さん、ひとつ正直に話してもらえないかな」

　松永は、絵美の横顔を見つめた。

「先生ったら……」

　そう言っただけで、絵美は絶句した。

　絵美はもう、笑えない顔になっていた。狼狽したあとの照れ臭さと、深刻な苦悩の色とが、絵美の表情にはっきりと出ている。それは絵美が、松永の指摘をすべて認めた証拠でもあった。

「この城にいて、三人の心を通じ、三人の目で見た三つの世界、その大いなる眺めよ。これが、上杉が勝手に挿入したデタラメの台詞だった」

松永は、赤坂界隈《かいわい》の夜景を見やった。

絵美が運転するベンツは、霞が関から高速道路にはいり、新宿を目ざしていた。

絵美は、沈黙を守っていた。

「このデタラメな台詞が、舞台のうえの上杉と客席にいるあなたとのあいだで交わされた一種のシグナルだった。いったい、この交信の意味は、どういうことなんだね」

松永は訊《き》いた。

絵美は首を、左右に振った。

「あなたにも、わからない。意味が通じない交信なんて、あるものなんだろうか」

松永は多少、表情を険《けわ》しくしていた。

「先生ったら、さすがに鋭いんですね」

気をとり直すように姿勢を正して、絵美は口を開いた。

「ほんとうに、あなたにも台詞の意味は、わからないんだね」

「ほんとうです。つまり上杉さんは、わたしに意味を解いてみろって、挑戦しているんですわ」

「あなたにもわからない暗号で、その暗号を解けということなんだね」

「今日の昼間、今夜のハムレットの特別招待券が、上杉さんから届きました。そして上杉さんからのメッセージには、ハムレットの最後の台詞に留意されたし、そこに脚本にはない台詞が挿入されるのでその意味を理解されたし、とありました。そこでわたくしは、同時に届けられた脚本を読んで、ハムレットの最後の台詞だけを完全に記憶したんですけど……」

「何のために、そんなことをしたんだろう。それは、上杉とあなたのあいだの遊びなんだろうか」

「いいえ、遊びなんかじゃありません。わたくしにとって、これ以上の重大事はないでしょう」

「詳しく、話してくれないかな」

「実は、先生……」

と、絵美は泣き出しそうな顔になって、目をしばたたかせた。

「何が、あったんだね」

只事《ただごと》ではなさそうだと察して、松永連太郎も緊張していた。

「夏彦が、誘拐されました」

絵美は、衝撃的な言葉を口にした。

「誘拐……！」

自分でも驚くような大声を、松永連太郎は出していた。

「そうなんです」

「いつのことなんだ」

「今朝、家を出たまま夏彦は、幼稚園にも向かわずに、姿を消してしまいました。そのことには、午後になって上杉さんから連絡があるまで、わたくしも気づかなかったんですけど……」

「その誘拐事件には、上杉が関係しているということなんですか」

「夏彦を誘拐したのは、上杉さんなんです」

「まさか……！」

「それが、ほんとうなんです」

「上杉が身代金欲しさに、あなたのお子さんを誘拐したなんて、そんな話はとても信じられませんよ」

「上杉さんが要求しているのは、お金じゃありません。古い紙きれでして、外国の古文書といったらよろしいのかしら。亡くなった主人がオランダで手に入れて、持ち帰ったものなんです。一六一六年のシェイクスピア自筆の文書で、本物なら大した値打ちだろうけど、どうせニセモノに決まっているって、そのときの主人は笑っておりました」

「一六一六年は日本での元和《げんな》二年、シェイクスピアが五十二歳で死んだ年だ」

「ですから、その年の一月にシェイクスピアが書いた最初の遺言状の写しというのが、それなんです」

「そんなものは、明らかにニセモノだ」

「でも、上杉さんにその遺言状の写しというのを見せたら、もう目の色を変えましてね。シェイクスピアの魂が乗り移っているとまで言われた役者として、何としてでもその遺言状の写しを自分のものにしたい。一億円を出してもいいから譲って欲しいと、これまで何回も上杉さんから、頼み込まれていたんですの」

「しかし、絵美さんはその申し入れに、応じなかったんですね」

「亡くなった主人のものを、勝手に処分はできませんもの。それで上杉さんは業《ごう》を煮やして、誘拐した夏彦と交換なんていう強硬手段に、訴えることになったんでしょうね」

「それで、あなたはどうするつもりなんです」

「夏彦が苦しめられるんでしたら、わたくしにとってシェイクスピアの遺言状の写しなんて、問題じゃありません。もちろん、遺言状の写しを持って、夏彦を引き取りに参りますけど、ただその交換場所というのが、いまのところわからないんです」

「上杉は例の勝手に作った台詞によって、あなたに交換場所を指示したんですね」

「上杉さんはむかしから、頭脳の挑戦という言葉が好きでした。それで今度もわたくしに、芝居がかって余裕たっぷりに謎解きを挑む、というやり方で交換場所を指示したんでしょう。でも、難しすぎてわたくしには、見当もつかないんです」

「時間の制限は、どうなっているんです」

「明日の正午に、交換するって一方的な通告を受けております。もし、それまでに交換に応じなければ、夏彦の命の保証はできないって……」

絵美はハンカチで、ハンドルを握る手の汗をふいた。

「上杉のやつ、狂っているな」

真剣になりながら、松永にはやはり信じられない話であった。

3

柏原絵美は、杉並区高円寺にある超高級分譲マンションに住んでいた。夏彦と二人暮らしで、ほかに通いの家政婦が夜間を除いているという。

亡き夫の両親も健在で、そのうえ口うるさい小姑《こじゅうとめ》たちが何人もいる。夫の死後、絵美がそうした姻族《いんぞく》と、うまくいくはずはなかった。

絵美は夏彦を連れて、高円寺のマンションへ移り住んだ。売り食いということになるが、夫が遺してくれたもので、いちおうの生活は成り立っていくのである。

籍は抜いてないというだけで、亡き夫の肉親とは赤の他人になりきっていた。すでに絶縁状態が続いているし、絵美にはまた彼女自身の肉親というものもいないのであった。いざというときに、相談に乗ってくれる頼もしい相手もいない。

絵美の将来のために、最も望ましいのは再婚することだった。

いまも、絵美にとって頼りになる人間は、松永連太郎だけということである。ワラをもつかむという気持ちからだろうが、絵美は松永を帰したがらなかった。

松永にしても、誘拐という重大な話を打ち明けられながら、絵美とあっさり別れるわけにはいかなかった。乗りかかった船であり、上杉夏也のことも気になった。絵美に力を貸すように、できているのである。

マンションの七階にある５ＬＤＫの部屋に案内されると、松永連太郎はすぐに東都劇場へ電話を入れた。しかし、上杉夏也はもう、劇場内にいないということだった。

劇場内のレストランでの打ち上げパーティは、いまもなお続いているが、上杉夏也はそこに顔も出さずに、楽屋から姿を消したという。

松永は、上杉夏也の自宅に電話をかけた。松永とも顔見知りの四十すぎのお手伝いさんが、電話に出た。

「今夜は、お帰りになりません。明日の夜までは居所不明になる、という連絡がございました。松永先生には申し訳ないんですけど、どこに消えてしまったのかわたしにもわかりません」

お手伝いさんは、そのように答えた。

明日の夜までは、居所不明とする。つまり、誘拐による取引が完全にすむまでは、行方をくらますということなのだ。上杉夏也は夏彦とともに、都内某所に身を隠しているのに違いない。

どうやら上杉は本気らしいと、松永連太郎は思った。

シェイクスピアの遺言書の写しというものも、松永は見せてもらった。四百年近い歳月を経ているもの、という感じはよく出ている。

内容、筆跡なども、なるほどと思いたくなるような古文書であった。しかし、古文書の鑑定となると、専門家ではない松永の判断は通用しなかった。

真偽の別について、断定は下せない。ただ、シェイクスピアの遺言の写しなど、手にはいるはずがないという先入観が、働いているだけであった。

「警察に通報すれば、簡単に解決することなんじゃないかな」

リビングのあちこちを歩き回った末に、松永は結論としてそう言った。

ソファにすわって考え込んでいた絵美が、われに還《かえ》ったように松永を見上げてから、力なく首を振った。

「犯人は上杉だってわかっているんだし、誘拐と脅迫の罪で告発すればいいんだ」

松永は、時計に目を落とした。

午前一時を、回っていた。

「それは、できません」

絵美の目つきが、急に落ち着きを失っていた。

「どうしてなんだ。上杉だっていくら何でも、警察に追われる犯罪者にはなりたくないだろう」

「それは、そうでしょうけど……」

「警察に通報したからって、夏彦君が殺されたりする心配は絶対にないしね。上杉に人殺しは、できませんよ」

「その代わり、上杉さんにはわたくしが警察に通報するようなことはないという絶対的な自信があるんです」

「上杉の自信の根拠とは、どういうことなんだろう」

「警察へ届けたりすると、わたくし自身が困る結果になるからですわ」

「どうして、絵美さんが困るんだ」

「報復として上杉さんが、わたくしの過去の秘密を、警察の耳に入れることになるんです」

「過去の秘密とは……」

「それは、言えません」

「察するところ、あなたの過去の秘密というのは、一種の犯罪行為なんだな。そして、その犯罪行為を上杉だけが知っている。つまり、上杉に弱みを握られていることから、絵美さんも警察沙汰にするのを恐れているんだね」

「そういうことになります」

「あなたのその犯罪行為とは、どういうことなんだ」

「ですから、過去の秘密ということで、先生にも申し上げられません」

「こうなったからには、そんなことにこだわっていられないんじゃないかね。犯罪者と弁護人の関係みたいなもので、あなたが真実を述べてくれない限り、ぼくも協力はできない」

「上杉さんのあの台詞の謎を解くには、先生のお知恵を拝借するほかはありません。お願いですから、一緒に謎解きに取り組んでいただきたいんです」

「だったら、ぼくに秘密を作らないことだ。隠し事はいっさい、やめてもらいたい」

「でも……」

「秘密は守るし、ここだけの話として忘れもするよ」

「先生ほんとうに、他言はしないって約束して下さいますか」

「神に誓って、他言はしない。あなたの過去の犯罪行為なんて、ぼくには無関係でもあるしね」

「懺悔《ざんげ》のつもりで、打ち明けますけど……」

そう言ってからも、なお逡巡《しゅんじゅん》する気持ちが強いらしく、絵美は膝に目を落として黙っていた。

「さあ、勇気を出して告白するんだ」

松永は立ちどまって、絵美を見おろした。

「わたくし、轢《ひ》き逃げをしたんです」

重そうに唇を動かしてから、絵美は寒気を覚えたように肩を震わせた。

「車の人身事故か」

松永はゆっくりと、椅子に腰をおろした。

「轢いたというより、はねたんですけど……」

「いつのことなんです」

「七年前の八月でした」

「場所は……」

「神奈川県の逗子《ずし》です。明るくなったばかりの早朝で、あたりには車も人影もありませんでした。わたくしも車のスピードを出しすぎていましたけど、いきなり道路へ女の子が飛び出して来たんです。赤いスカートに赤い靴をはいた五つくらいの女の子でしたけど、ほんの一瞬の接触で、ボールのように飛びました」

「そのとき、上杉が同乗していたんだね」

「ほんとうに恥ずかしいお話なんですけど、そのとき上杉さんとわたくしは結婚してから初めて、密会したということになるんです。それで、わたくしは何よりも柏原絵美が結婚後、上杉夏也と密会していたということ、その密会の帰りに幼女をはねたということが、世間に公表されるのを恐れました」

「だから、そのまま逃げた」

「目撃者がいないということが、わたくしをそうした気持ちにさせたのかもしれません」

「上杉も、逃げることに賛成したんだろうか」

「いいえ、上杉さんはくどいほど、警察に届けようとわたくしに言いました。そんなことをするくらいなら死んだほうがマシだって、わたくしのほうが耳を貸そうとしなかったんです」

「したがって、そのことがいまだに、上杉に対するあなたの弱みになっているというわけか」

「そうなんです」

「それで、轢き逃げ事件のほうは、その後どうなったんですか」

「それっきりでした。新聞に報道されもしなかったし、その幼女が死んだのかどうかも、わたくしは知りません」

「轢き逃げはうまくいって、捜査も打ち切りになった。上杉を除いては、轢き逃げ事件を知る人間はひとりもいない」

「でも、いま先生に、打ち明けてしまいましたけど……」

「なるほど、確かに弱みだな。上杉のことを警察に通報するのは、あなたにとってかなり危険な賭けだ」

松永は目を閉じると、胸高に腕を組みながら吐息した。

「上杉さんの要求どおり、取引に応ずるほかはありません」

焦りがあるのか、絵美の声はやや甲高《かんだか》くなっていた。

「それには夏彦君と、シェイクスピアの遺言書の写しとを交換する場所が、わからなくてはならない」

目をあけて松永は、宙の一点を凝視した。

「先生、お願いします。先生のお知恵で、例の台詞から何とか意味を、引き出して下さい。わたくしには、どう考えてもわかりません」

絵美は両手を、胸の前で組み合わせた。

すがるような気持ちから、手を合わせる格好になったのだろう。

「ぼくの知恵といったって、特別なものじゃないんだから……」

哀願する絵美の顔から、松永は目をそらしていた。

「でも、先生は上杉さん以上に、シェイクスピアについては知識をお持ちなんですもの」

絵美はテーブルのうえの紙を、松永のほうへ押しやった。

そのレターペーパーには、絵美の字で上杉夏也が勝手に作った台詞が、そっくり記されていた。


この城にいて、三人の心を通じ、三人の目で見た三つの世界、その大いなる眺めよ。


これだけの言葉の中に、ある特定の場所が隠されているのだ。もちろん、都内のはずである。しかも、一般的に知れ渡っている場所でなければならない。

個人の家ということは、まず考えられなかった。調べなければわからない場所を、指定するはずはないだろう。そうしたところの所在地、町名や番地を、当たり前な台詞の中に織り込むことは困難である。

たとえば東京駅の八重洲口の銀の鈴、上野動物園の正面入口、明治神宮の鳥居の下、日比谷公園の大噴水の前、後楽園スタヂアムの入場券売場とかいうところなのではないだろうか。

そこまで一般的ではないにしろ、○○区の区役所の前、××大学の正門前といった場所を、指定しているはずだった。

また、一定の形式を整えている文字ではなく、舞台のうえで喋った台詞なのだから、いわゆる暗号解読法が当てはまる暗号ではないだろう。

台詞では、正確に記憶できない。したがって、それらをすべてカタカナに改めて、何番目かの文字を選び出したり、斜めに読んだり、ほかの何らかの媒体を用いて文字を消去したり、という解読法は無意味である。

台詞を聞いて一字残らず正確に記憶しなければ、暗号そのものが狂ってしまって、解読は不可能になる。

これはやはり、ナゾナゾ形式の問題であり、それなりの謎解きと答えが必要なのに違いない。

「この場合、果たしてシェイクスピアに関する知識が、役に立つものかどうか」

松永はレターペーパーの文字を、にらみつけるようにした。

「上杉さんには、シェイクスピアのものを演ずる役者として、第一人者というプライドがありますわ。ですから、この台詞にしてもシェイクスピア抜きということは、ないと思うんです」

絵美が言った。

松永は思索にはいったが、まったく考えがまとまらなかった。シェイクスピアに関連するようなことは、ひとつも含まれていないという気がするのだった。

午前二時をすぎた。

午前三時になると、頭の中がはっきりしなくなった。絵美も疲れた顔で、不安そうに黙り込んでいる。午前四時には、思考力とともに気力も失せた。

五時近くまで起きていたような気がするが、いつの間にか松永連太郎は眠りに引き込まれていた。

4

絵美の悲鳴によって、松永は起こされた。緊張感までは眠っていなかったらしく、その絵美の一声だけで松永は完全に目を覚ましていた。

「先生、もう九時ですよ！」

絵美は、そう叫んだのであった。

そういう絵美自身も、ソファで眠っていたのである。通いの家政婦が出勤して来たことで目を覚まし、絵美は愕然として飛び起きたのだ。

松永は顔を洗ってから、熱いコーヒーを二杯ばかり飲んだ。

あと、三時間しかない。

時間がないという焦燥感はあったが、絵美ほどはあわてていなかった。眠ってしまう前に、とっかかりのようなものを得ていたのである。

今朝の松永に必要なのは、結論というものだった。

「先生、聞いていただけます」

化粧を直して別の服に着替えた絵美が、地図のようなものをかかえて、リビングに姿を現わした。

「これは、何だね」

松永は、絵美がテーブルのうえに置いた地図に、目を近づけた。

種類が違って五、六冊はあるが、いずれも東京区分地図であった。

「この区分地図のどれを見ても、各区の順番がみんな同じなんです。一番目が千代田区、二番目が中央区、三番目は港区になっていますわ」

ソファにすわって、絵美は大きく目を見はった。

「だから……？」

松永にはまだ、絵美の発見の価値がわからなかった。

「区分地図がすべてそうなら、港区を三という数字で表わしても、いいんじゃないでしょうか」

希望に胸をときめかす乙女のように、絵美の目は輝いていた。

「なるほど、〝三人の心を通じ〟の三は、港区を示しているということか」

「そうなんです。そのあとにまだ、〝三人の目で見た三つの世界〟と、三が二つ続くでしょ。だから、港区内にあって三が二つ続く地名というのを捜してみました」

「あったのかね」

「ありました。三田三丁目ですわ」

「三人、三人、三つの三は、港区三田三丁目を表わしている。すると〝心を通じ〟、〝目で見た〟、〝世界〟の意味はどうなるんだ」

「人間の心が通じ合い、それを目で見ることができて、しかも世界のどこにでも届くとしたら、そこから先生は何を連想されます」

「さあ、何だろう」

「手紙です」

「人間の心が通じて、目で見ることができて、世界のどこにでも届くものは手紙か。なるほど、そのとおりだ」

「手紙はつまり、郵便でしょ。港区三田三丁目には、高輪郵便局がありますわ」

「上杉が指定した場所は、高輪郵便局……」

「いかがでしょう、先生。高輪郵便局という推理は、間違っていますか」

「間違っているとは、ぼくにも判断できないさ。しかし、ほかにもまだ台詞の一部が、残っているだろう」

「〝この城にいて〟と〝その大いなる眺めよ〟ですか」

「うん」

「それには特に、意味はないのかもしれません。台詞らしくするために、ただ付け加えたというんではないんですか」

「いや、上杉もそれほど、無能ではないはずだ。台詞らしくするためだったら、もっとほかにシェイクスピアらしい言葉がある。それに意味のないことを付け加えたんでは、フェアな挑戦ではなくなる。むしろ意味がないとすれば、〝心を通じ〟と〝目で見た〟と〝世界〟だろう」

「でも、それを否定されたんでは、手紙、郵便、郵便局が成り立たなくなりますわ」

「ぼくは、三という数字が三つ必要だという絵美さんの推理は、正解だと思っている。ところが、三という数字を三つ並べたのでは、台詞にならないじゃないか。そこで、いかにも台詞らしくするために、心とか目とか世界とかいう言葉に、三つの三を織りまぜた。そうでなければ、まったく別の意味がこめられているんだろう」

「まったく、別の意味ですか」

「たとえば、三人とは上杉とあなたと夏彦君のことを、指しているとしたら……」

「まさか、そんな……」

困惑の表情になって、絵美は顔を伏せていた。

「それはともかく、最初からいくとまず〝この城にいて〟なんだがね」

　松永は、苦笑した。

「その意味が、先生にはおわかりなんですか」

　怒ったような口調で、絵美が訊いた。

「舞台のうえでの上杉は、ハムレットだったんだ。そのハムレットが、〝この城にいて〟と言ったんだから、この城とはエルシノア城のことだ」

「クロンボール城ではないんですか」

「クロンボール城はデンマークに実在しているもので、ハムレット伝説で有名になった城だけどね」

「お城の名前なんて、どうでもいいってことでしょうか」

「そう。だから、実在するクロンボール城ということにしておこう。上杉ハムレットはわざわざ〝この城にいて〟と強調したんだから、クロンボール城にこだわっていると解釈していいはずだ」

「クロンボール城につながるような建物が、東京にあるのかしら」

「そう単純には、いかんだろうな」

「東京にあるお城は、皇居だけっていうことになるでしょ」

「ただ城であれば、いいというんじゃなくて、上杉ハムレットはクロンボール城に、こだわっているんだからね」

「でも、東京にお城は、ひとつしかないんですから……」

「江戸城の歴史となると、平安時代に江戸重継という豪族が、粗末な城を築いたことから始まっている」

「太田道灌が登場するのは、ずっとあとのことなんでしょ」

「約三百年後だ。太田道灌は、扇谷《おうぎがやつ》上杉家の執事だった。そのころ、扇谷上杉家と山内上杉家の対立が激しく、道灌はその機に乗じて関東地方を転戦、連勝の武功をたてて大いに主家を助けた」

「ちょっと、待って下さい。いま、扇谷上杉家と山内上杉家って、おっしゃったでしょ。でも、要するに上杉一族ってことに、なるんじゃないかしら」

「その上杉家と上杉夏也が、結びつくというのかな」

「だって先生、江戸城と上杉家には、縁があったんじゃないんですか」

「それは、縁があったさ。ちゃんとした江戸城を築いた太田道灌は扇谷上杉家の執事だったんだし、道灌が殺されたあと上杉朝良《ともよし》が江戸城の城主にもなっているからね」

「上杉ハムレットだったらクロンボール城でしょうけど、上杉夏也だったら江戸城ってことになるんじゃないでしょうか」

「しかし、現在は江戸城じゃなくて、皇居なんだ。それとも上杉が指定した場所は、皇居前っていうことになるんだろうか」

皇居前広場もまた一般的な名所には違いないと、松永連太郎は思った。

しかし、ただ皇居前だけでは場所が広すぎて、どこを指定されたのか範囲を絞ることもできない。

「皇居前だけでは、漠然としすぎていますわ」

絵美は、首をかしげた。

絵美も、上杉、江戸城、皇居という推理が強引すぎることを、認めたようだった。『この城にいて』という台詞はやはり、上杉ハムレットとしてクロンボール城を指しているのである。

クロンボール城が、キーワードなのだ。

いずれにしても、絵美の推理による港区三田三丁目の高輪郵便局というのは、否定されなければならない。

「クロンボール城に、何があるのか」

松永は、頭をかかえた。

時間は、十時をすぎていた。

「上杉さんが好きな場所が、皇居の近くにありますわ」

絵美が、東京区分地図の一冊を手にした。

「靖国神社かな」

松永は、顔を上げた。

「ええ」

絵美は、区分地図の千代田区のページを開いた。

上杉夏也と個人的な付き合いがある者は、彼が靖国神社へよく足を運ぶことを知っている。

松永も上杉から、靖国神社と演劇の結びつきについて、何度も彼の持論を聞かされたことがある。

靖国神社の荘厳《そうごん》にして清澄《せいちょう》な雰囲気と、多くの英霊が眠る偉大な無常感は、人間を無心にさせる。無心の境地にあって、シェイクスピアの偉大な作品を振り返ったとき、上杉夏也は演ずることになっている役の魂を、感じ取るというのであった。

それで上杉夏也は、シェイクスピア劇の配役が決まったとき、必ず靖国神社へ出向くのだった。上杉の役作りは、靖国神社において完璧になされるのであって、稽古は相手役と息を合わせるためにやるだけのことだと、彼は胸を張るのである。

「上杉は、靖国神社を偉大なる心の眺望《ちょうぼう》の場と、称しているけど……」

松永は言った。

「偉大なる心の眺望を、上杉さんは〝その大いなる眺めよ〟と表現したんじゃないでしょうか」

絵美は、意気込んでいた。

「偉大なる心の眺望と大いなる眺めだったら、確かに相通ずるものがある」

「〝この城にいて〟とは、皇居から見てということなんじゃないかしら」

「皇居の位置から見て、三、三、三の方向に靖国神社があるということになるんだろうか」

「三、三、三の方向ですか」

「三、三、三の方向なんて、解釈のしようもないことだけどね」

「先生、こじつけみたいですけど、三、三、三の方向に、靖国神社があるっていうことになります」

絵美が、声を張り上げた。

「ほんとうかね」

思わず立ち上がってテーブルを迂回し、松永連太郎は絵美と並んでソファにすわった。

「これですわ」

絵美は指先を、地図のうえに置いた。

皇居の吹上御所のあたりから、北の方角へ直線を引く。

最初にぶつかるのは、千代田区の三番町である。次が九段南三丁目、続いて九段北三丁目となる。

　三番町。

　九段南三丁目。

　九段北三丁目。

　靖国神社は、九段北三丁目にあるのだ。

『この城にいて』の城を皇居すなわち江戸城としたら、北へ三、三、三の方角に靖国神社があるということになる。

「先生、上杉さんが指定した場所は、靖国神社に違いありません」

　顔を上気させて、絵美は興奮気味に言った。

「うん」

　気のない声で、松永は応じた。

　もうひとつ釈然としない、という松永の表情であった。

「わたくし、靖国神社へ行ってみます」

　絵美は、腰を浮かせた。

「まあ、待ちなさい。三十分後に出かけても、正午という時間には間に合う」

　松永は、絵美の肩に手をかけた。

「靖国神社という答えは、間違っているとお考えなんですか」

絵美は不満そうに、松永を見やった。

「三、三、三が、三番町、南三丁目、北三丁目だというのが、やっぱりこじつけに思えるんだ。それに、上杉夏也、扇谷上杉家、江戸城という解釈も、こじつけと変わらないだろう」

「〝この城にいて〟のお城は、あくまでクロンボール城だって、おっしゃるんですね」

「舞台のうえでハムレットが言った〝この城〟が、江戸城だっていうのはおかしいよ。ハムレットの城は、エルシノア城またはクロンボール城だ」

「クロンボール城に、何か特徴というものがありますか」

「特徴ね」

「ひと目でわかる特徴だったら、外見ということになりますけどね」

苛立《いらだ》たしげに絵美は、一方の膝で貧乏揺すりを続けていた。

「外見の特徴となると、ヨーロッパの古城に共通して、塔があるということだろうな」

松永は答えた。

5

デンマークの城や王宮は、十六世紀からオランダ風のルネサンス様式が伝わり、それが外見の特徴となった。

フレデリクスボ、ローセンボといった王宮も、その典型である。これらの建物には、塔が多い。クロンボール城にも、高い塔が確か四本ぐらいあったと、松永連太郎は記憶していた。

上杉ハムレットは最初に、『この城にいて』と強調している。この城にいて、何かを眺めるのだとしたら、最後の『その大いなる眺めよ』にもつながるのである。

この城にいて、大いなる眺めに接するのであれば、それは高いところでなければならない。

この城――クロンボール城には、高い塔がある。その高い塔からの眺望こそ、『大いなる眺め』なのではないか。

「塔だ！」

松永はピシャリと、テーブルの端を叩いた。

「塔……」

絵美は、眉根を寄せた。

「そう。〝この城にいて〟と強調したのは、クロンボール城にあるような塔という意味なんだ」

松永は、立ち上がった。

「塔のうえからの大いなる眺めなんですか」

　絵美は、松永を見上げた。

「そうなんだよ」

「塔というと……」

「塔つまりタワー、東京の代表的タワーは東京タワーだろう」

「東京タワー……！」

「絶対だ」

「三、三、三は、どうなるんでしょうか」

「東京タワーの高さは、三百三十三メートルじゃないか」

「三三三は、確かに三百三十三メートルだわ」

「しかし、東京タワーだけでは、どうしようもない。東京タワーのどこか、指定してあるはずだ」

「まだ、〝その大いなる眺め〟が、残っています」

「大いなる眺めとなれば、東京タワーの展望台だろう」

「東京タワーには、展望台が二つありますわ」

「百五十メートルのところに大展望台、二百五十メートルのところに特別展望台がそれぞれある」

「どっちの展望台だって、眺望は〝大いなる眺め〟でしょう」

「いや、〝大いなる〟は大に通ずる。〝大いなる眺め〟とは、大展望台のことだ。上杉が指定した場所は、東京タワーの大展望台……」

緩《ゆる》めてあったネクタイを、松永は締め直した。

「先生、参りましょう」

絵美は背中で言って、リビングのドアへ向かった。

家政婦に見送られて、松永と絵美は部屋を出た。エレベーターで、地下の駐車場へ直行する。左右のドアからベンツに乗り込んだとき、松永は絵美がシェイクスピアの遺言書の写しを、持って来ていないことに気がついた。

だが、松永はあえて、知らん顔でいることにした。

「先生、ほんとうにありがとうございました」

ハンドルを握りながら、絵美は改めて礼を述べた。

絵美は、嬉しそうに笑っている。喜色満面であった。子どもを誘拐された母親の顔や態度ではなかった。夏彦の居場所がわかっただけで、絵美がこんなにも喜ぶのは、誘拐事件であることをみずから否定するようなものだった。

新宿から芝公園まで、高速道路を飛ばした。東京タワーには、十一時四十分についた。二十分ばかり早いことになるが当然、上杉夏也は夏彦を連れて、すでに指定の場所に来ているはずである。

松永と絵美はエレベーターで、大展望台にのぼった。金曜日の正午前のせいか、エレベーターの中も大展望台も、それほど混雑してはいなかった。

望遠鏡のそばに立っている長身の男は、紛《まぎ》れもなく上杉夏也であった。望遠鏡をのぞいている子どもは、夏彦に違いない。

ふと、上杉が絵美のほうへ、視線を転じた。一瞬、意外なものを見るように、上杉は驚きの表情を示した。多分、上杉は制限時間前に、絵美が姿を現わすとは思っていなかったのだろう。

絵美は上杉に近づきながら、輝くような笑顔になっていた。勝利に酔うとともに、甘えと媚《こ》びが絵美の目つきに感じられた。上杉もその貴族的に冷たく整っている顔に、笑いを浮かべていた。

もちろん、誘拐犯人と誘拐された子どもの母親の対面、ということにはならなかった。夏彦にしても、そうであった。絵美に気づいても、夏彦には母親のほうへ駆け寄ってくるといった動きがなかった。

母親へ向けた笑顔で上杉を振り仰ぎ、そのあと夏彦は再び望遠鏡に目を戻したのだった。

それは、夏彦と上杉が心安い仲にあるということを、明白に物語っていた。上杉は絵美の諒解を得て二十八時間ほど、夏彦の身柄をあずかっていたと判断すべきだろう。上杉、絵美、夏彦の三人はそういう関係にあるのだ。

絵美からは離れて近づいていった松永の姿が、ようやく上杉の目に映じたらしい。上杉は、顔から笑いを消していた。松永が一緒だったことに驚いただけではなく、上杉にはまずい相手だという思いがあるのだろう。

松永連太郎は、ニコリともしなかった。上杉も松永を無視するように、会釈や目礼すらも省略して、視線を絵美に戻していた。

「早くてしかも正解だったんだから、わたくしの文句なしの勝ちっていうことになるわ」

絵美が、上杉に言った。

「完敗は、認めよう。しかし、正直なところあの問題は、きみには解けないだろうと思っていたんだ」

上杉は、肩をすくめた。

「わたくしも、正直に言うわ。あの台詞の意味だけど、難しすぎてわたくしには全然わからなかったの」

「じゃあ……」

「そうなの。たまたま松永先生にお会いできたので渡りに舟とばかり、ひと晩お付き合いしていただいて、お知恵を拝借したんです。東京タワーの大展望台という答えを引き出して下さったのは、松永先生なのよ」

「卑怯《ひきょう》だな」

「だってわたくし、必死だったんですもの」

「それにしてもよく、松永さんを引っ張り込むことができたね」

「申し訳ないとは思いながら、わたくし松永先生を騙《だま》したんです。夏彦が誘拐されたから、ご協力をお願いしますって……」

「誘拐ごっこを、本物の誘拐にしてしまうなんて、ひどい嘘じゃないか」

上杉は、苦笑した。

「先生、実はそういうわけなんです。ほんとうに、ごめんなさい。どうぞ、お許し下さい」

松永のほうへ向き直って、絵美は指先でサン・グラスを押さえながら、深々と頭を下げた。

松永は、無言であった。彼は大都会の広大な眺望に、感情が死んでいるような目を向けていた。

「今度は先生、正直に申し上げますわ。これは、わたくしにとって、本物の誘拐と変わらないくらい重大な賭けだったんです。わたくしが賭けに負けた場合は、上杉さんに渡した夏彦を、取り戻すことができなくなるんですもの」

絵美の悲しみの表情が、にわかに演技っぽくなっていた。

「絵美さんに謎解きができなかったときは、上杉君が夏彦ちゃんを引き取るという約束だったんだね」

　松永は、表情を動かさなかった。

「そうなんです。上杉さんが勝ったら、夏彦プラス例のシェイクスピアの遺言書の写しという約束でした」

　絵美は、あたりを見回した。

　夏彦には、聞かせたくないと思ったからだろう。夏彦は、遠く離れた望遠鏡のところへ、場所を移していた。

「上杉君が夏彦ちゃんを引き取るというのは、父親としての親権を主張したってことなんだろうね。つまり夏彦ちゃんは、亡くなったご主人と絵美さんのあいだにできた子どもではなくて、夏彦ちゃんの実の父親は上杉君だったわけだ」

　松永は、声を低くしていた。

　今度は、上杉と絵美が返事をしなかった。松永の指摘が、間違っていないことを認める沈黙だった。

「おそらく亡くなったご主人と上杉君が、同じ血液型だということから、絵美さんは大胆にも上杉君の子どもを生もうという気になったんだろう。名前にしても、上杉夏也の一字を取って、夏彦とした。七年前の密会のときにできた子どもなら、夏彦ちゃんの年齢とも合うじゃないか」

淡々とした口調で、松永は言葉を続けた。

上杉も絵美も、黙り込んでいる。それもまた、肯定の沈黙であった。

「それで、絵美さんが謎解きに成功した場合に、どういうかたちで報われることになっていたんだね」

松永は、絵美に訊いた。

「上杉さんは、一年以内にわたくしと結婚するって……」

顔を伏せて、絵美は答えた。

「愛する相手と結婚できるか、あるいは子どもだけを引き取られることになるか。なるほど、絵美さんにとっては重大な賭けってことになる」

松永は、うなずいた。

「しかし、そんなに深刻になったり、真剣に考えたりするようなことではなかったんですよ。シャレというか、要するに遊びだったんですからね」

弁解がましく、上杉が口をはさんだ。

「まあ、そうだろうな。夏彦ちゃんを、賭けの道具に使う必要なんて、まったくないんだ。絵美さんと結婚すれば、夏彦ちゃんもシェイクスピアの古文書なるものも、上杉君のものになるんだからね」

「つまり、われわれは退屈しきっている人種なんですよ。結婚するにしても、並みの手続きを経るだけでは、おもしろくも何ともない。人生に少しでも退屈しないために、趣向を凝らした遊戯を楽しもうということになったんです」

「きみらしいよ」

「だから結果はどうあれ、ぼくはハッピー・エンドにするつもりでいましたよ。もちろん、夏彦だけを引き取ろうなんて気持ちは、初めからありません。絵美との結婚は、ぼくも望んでいたんですからね」

「きみが作った台詞の中には、そのことも織り込まれていたじゃないか。この東京タワーの大展望台に上杉君、絵美さん、夏彦ちゃんと三人そろって、三人の心を通じ三人の目で、空と地上と海という三つの世界を眺めようじゃないかってね。つまり、愛の呼びかけだろう」

「そこまで読んだとは、さすがに松永さんですね」

「そのために、公演中の舞台を利用するというのも、傲慢《ごうまん》なきみらしいやり方だよ」

「舞台を私物化したことについては、反省もしていますし、松永さんにも謝ります」

上杉としては珍しく、松永の前に頭を垂れた。

「まあ、いいさ。お二人の結婚を祝福するという意味で、何もかも許すということにしよう」

夏と変わらない日射しを受けて、東京の市街地にしては意外に多い鮮烈な緑を、松永連太郎は認めていた。

「しかし、ひとつだけきみたちを、許せないことがある。それは皮肉にも、それだけが絵美さんの作り話ではなかったということなんだ。ぼくの娘のことについては、きみたちに話していないけど、生きていれば十二歳になる。その娘は七年前の夏、逗子の親戚の家に半月ほど泊まっていた。八月二十日の早朝、娘は逗子の名越《なごえ》切通しに近い国道一三四号線で、車にはねられて即死した。これは轢き逃げ事件として、いまもって未解決のままだ。以来、家内は廢人にも等しい状態にある。はねられたときの娘は、赤いスカートに赤い靴をはいていた。これら多くの点が、作り話と一致するはずはない。轢き逃げ犯人でなければ、言えないことじゃないか。絵美さんは、本物の誘拐事件らしくするために、苦しまぎれに真実の告白をぼくに聞かせた。ぼくはこれから、絵美さんを過失致死と道交法違反の罪で、上杉君を犯人隠匿《いんとく》の罪で告発する。人生が退屈なものかどうか、よくわかるだろう」

大いなる眺めだと、松永連太郎は思った。

（「小説現代」１９８１年７月号）

年賀状・誤配
——安楽椅子と殺人

1

女とは実に、恐ろしいものである。

元日から三日間、つまり三ヵ日のあいだに、小説のストーリーをまとめてしまえと、冷酷なマネージャーぶりを発揮したのだった。

ただのマネージャーなら、縁を切ることもできる。単なる秘書というのであれば、退職金を支払ってお引き取りを願うことも可能であった。

だが、大友ルミ子という女は、そうは簡単にいかないのである。マネージャーも秘書も兼務であって、大友ルミ子の本業は主婦であり妻であるからだった。

大友次郎も相手が険《けわ》しい顔つきで、命令するようであれば、本気になっては妻の言い分に耳を貸さなかっただろう。小説のストーリーと、インスタント食品を一緒にするつもりかと、開き直ったかもしれない。

しかし、ルミ子は甘えるような目つきで、笑いながらスケジュールについて提案する。結婚して八年にはなるが、まだ三十になったばかりの妻だった。

美人で女らしくて、教養があって博学でというむかしからの評判を、ルミ子はそのまま夫に対しての武器とするのである。大友次郎は、素直にうなずかざるを得なかった。

「三ガ日のうちに、ストーリーをまとめてしまうでしょ。そして四日には、八丈島への船旅に出発するでしょ」

ルミ子は、少女のように目を輝かせていた。

「東京へ帰ってくるのは、一月の十一日だっけな」

大友次郎は、つい話に乗ってしまう。

「そう。だから旅行中に、構想を練り上げちゃうのよ」

「旅行中にかい」

「ストーリーはもうできているんだから、構想を練るのはそう苦しいことじゃないでしょ」

「それは、まあ……」

「だったら、東京へ帰って来たその翌日から、書き出せるじゃないの。枚数は百五十枚だから、あなたの筆の早さだと十五日間で完成、一月いっぱいという締め切りにも間に合うでしょ」

「計算のうえではね」

「要するに、肝心なのはスタートなのよ。元日から三日間のうちに、ストーリーをまとめるということさえ完璧にできれば、あとはすべて順調にいくわ」

「推理小説というのは、ストーリーがいちばん難しいんだぜ」

「二日から、宗彦さんたちがくるでしょ。宗彦さんたちから、またアイデアをもらうって手もあるわ」

ルミ子は、夫の肩にすがって立ち上がった。

「まったく、気楽なもんだ」

大友次郎はせめてもの抵抗として、小さな声でそうつぶやいた。

しかし、新年を迎えて結局のところは、ルミ子の提案どおりになったのである。

暮れのうちに大友次郎は、肉親、親戚、友人知人、親しい編集者たちに片っ端から電話をかけて、元日に旅行に出てしまうのでと年始の訪問を断わった。

年始の客がくれば、酒を飲むことになる。アルコールがはいれば、大友次郎は小説のストーリーどころではなくなる。それで、正月は留守ということにしておけと、ルミ子からの指示があったのだ。

今年の正月は、訪問客なしであった。

アルコールも、屠蘇《とそ》のほかは厳禁。

もちろん、百人一首もトランプ遊びもできはしない。

テレビも、見てはいけない。

三ガ日はただひたすら、推理小説のストーリーを考えるということになったのである。鬼の編集者も、ここまでは厳しくない。

子どものいない夫婦二人だけで屠蘇を祝い、おせち料理をつっ突き、雑煮《ぞうに》を食べてしまうと、もうそれで元旦は終わりだった。もっとも時間のほうは、すでに正午に近かった。

大友次郎は電気ゴタツにはいって、山と積んである年賀状を見ることにした。五百通はある年賀状の山を眺めて、サラリーマン時代はこの十分の一も配達されることがなかったと、大友次郎は感慨らしきものを覚えていた。

三年前に大友次郎は、推理小説新人賞というのを受賞した。それを機会に大友次郎は会社勤めをやめて、売れない作家に転業した。一昨年は鳴かず飛ばずで、生活も苦しかった。

しかし、去年の九月に出版された書き下ろし長篇推理小説『人造湖トンネル殺人事件』が、大ヒットとなったのである。九月からずっとベストセラーを続けていて、今年になってもそのまま維持されるだろうと言われている。

この一作で大友次郎は、推理作家としての確固たる地位を築くことができたのだ。あとは雑誌の短篇や連載で、いい作品を量産できるかどうかであった。それが可能となれば、流行作家の花形的存在を約束される。

その最初が一月いっぱいに書き上げることになっている百五十枚の中篇推理小説で、この世界では代表的とされている小説雑誌の柱として掲載されるのであった。

これがもし失敗作となれば、流行作家への第二関門は閉ざされることになるかもしれない。それだけに大友次郎はかなり神経質になっていたし、マネージャーを自任するルミ子も、ここが正念場だと必死なのである。

ルミ子が正月の三ヶ日のうちに、ストーリーをまとめてしまおうと、わが家に戒厳令を布《し》いたのもそのためだったのだ。だが、年賀状の数だけは、例年になく多かった。これも『人造湖トンネル殺人事件』が、ベストセラーになったおかげなのである。

三十五歳にして、年賀状が五百余通――と、大友次郎はいささか気をよくしていた。

年賀状を、三通りに選別する。大友次郎への個人からの年賀状、会社とか団体からの年賀状、それに宛名が大友ルミ子となっている年賀状、の三通りであった。

ルミ子宛の年賀状は、三十通に満たなかった。かなり差がついたと優越感を覚えながら、大友次郎はルミ子のところへ男から年賀状が来ていないかどうかを、チラチラッと調べた。すべて女からの年賀状であることを確認して、大友次郎はそれをひとまとめにして別のところに置いた。それから彼は、自分宛の個人名の年賀状だけに目を通した。

片付けをすませたルミ子が、リビングから和室へはいって来て、夫の横にすわり込んだ。

「きみのところへくる年賀状の数は、毎年あまり変わらないみたいだな」

大友はルミ子への年賀状を、手渡しながら言った。

「でも残らず、お年玉つき年賀ハガキよ」

ルミ子はざっと年賀状を調べてみて、妙なことを自慢した。彼女にとって年賀状は何よりもまず、お年玉つきのハガキであることが重大なのかもしれなかった。

「誤配された年賀状は、一通だけだった」

はじき出しておいた一枚の年賀ハガキを、大友次郎は手にした。

「一通だけだったの。去年は、五通もあったのに……」

ルミ子は誤配の少ないことが、気に入らないみたいな言い方をした。

「近所に、同じ大友さんがいるんだもんな」

大友はルミ子の顔の前に、その年賀状を差し出した。

「うちは五ノ三五ノ一一でしょ。あっちの大友さんは、五ノ三三ノ一一なの。五と三は間違えやすいから、同じ大友姓の誤配はあって当然なんだけどね」

ルミ子は、受け取った年賀状に目を落とした。

「明日にでも、届けて上げたら」

大友次郎は、すべての年賀状を元通りに積み上げた。

「そうね。これ、お年玉つきハガキだし……」

ルミ子はまだ、お年玉つきにこだわっていた。

「日本酒が、飲みたいなあ」

あくびをしながら、大友は言った。

「ねえ、これどういうこと!」

突然、ルミ子が声を張り上げた。

「何が……」

目の前におかれた年賀ハガキを、大友次郎はぼんやりと見やった。

東京都杉並区今川五ノ三三ノ一一
　大友　三郎様
　　あや子様

そのように記されているだけで、特に驚くようなことは見当たらなかった。

「裏を見てごらんなさい」

ルミ子が言った。

「何だい、これは……」

年賀ハガキを裏返したとたん、大友次郎も思わずそう口走っていた。

その年賀ハガキには、明けましておめでとうございます、謹賀新年、頌春、賀正、賀春、迎春といった文字がまったく認められなかったのである。

その代わりに、絵が描いてあった。誰が見ても、マリア像だとわかる絵である。そして、マリア像の絵の右側に、小さく字が書いてあった。

罪はこの世を長い闇にす
るのです

このほかには何もなく、差出人の住所も名前も記してなかった。もちろん、短い文章もマリア像の絵も、印刷されたものではない。マリア像はどうやら、五色の色鉛筆によって描かれているらしい。短い文章は、肉筆のペン字であった。

「こんな年賀状、生まれて初めて見たわ」

ルミ子は、顔をしかめていた。

「欧米ならクリスマス・カードと年賀状を兼ねているんで、マリア像というのもわからなくはないけどね」

大友は言った。

「それにしたって、この文句がよくないわよ。〝罪はこの世を長い闇にするのです〟って、当たり前なことかもしれないけれど、まるで呪いの言葉みたいじゃないの」

「受け取ったほうは、正月早々からって気を悪くするだろう」

「おめでとうの言葉がなくて、マリア像が描いてあるなんて、日本の年賀状としては前代未聞なんじゃないかしら」

「世の中には、変わった連中が多くなったからな」

「でも、ここまで徹底して非常識なことをやられると、何かほかに意味があるんじゃないかって、疑ってもみたくなるわ」

ルミ子はふと、顔から笑いを消していた。

「他所《よそ》さまへ来た年賀状なんだよ」

大友にとっては、どうでもいいことだった。他人のところへ届くはずの年賀ハガキが、誤配されただけのことである。関心の対象にしても仕方がないし、大友には興味すらなかった。

それより大友は、何となく眠くなっていた。世にも不思議な年賀状だというルミ子のつぶやきを、彼はうわの空で耳にしていた。

2

電気ゴタツに足を入れたまま横になり、大友次郎は浅い眠りに落ちた。夢の中で彼自身が、静かな元日の昼寝とはよいものだと、しきりに強調していた。

しかし、元日の昼寝は長く続かないもので、だいたい一時間ぐらいで目が覚めることになっている。大友次郎も目を覚ましてすぐ、午後一時になっていることを確認した。一時間と二十分の昼寝だった。

ルミ子の姿が、大友の目に映じた。ルミ子は一時間二十分前と同じ位置に、同じ姿勢を保ってすわっていた。小指の先を嚙むようにしながら、ルミ子は真剣な顔つきでいた。コタツのうえには、例の年賀状がそのままになっている。

ルミ子はどうやら一時間と二十分のあいだ、その不可解な年賀状とずっと睨《にら》めっこを続けていたらしい。何かなければ、そうした忍耐力や熱っぽさを、発揮しないルミ子なのである。

ルミ子は奇妙な年賀状に、何やら期待すべきことを見出したのに違いない。そうなると、それは大友次郎の仕事に関連して、ということに決まっている。ルミ子のそうした思いつきが、大友には恐ろしいのである。

「コーヒーでも、飲もうよ」

起き上がって大友は、ルミ子の肩を叩いた。

ルミ子は、返事をしなかった。コタツのうえの一枚の年賀状を、じっと見つめている。決して怒ったり、不機嫌になったりしているわけではない。ルミ子の目には、キラキラした輝きがあった。

「いったい、どうしたっていうんだ」

大友は、タバコに火をつけた。

「もう元日も、午後になってしまったのよ」

ルミ子は、ニヤリとした。

「そんなことは、わかっているさ」

「三ヵ日のうちにストーリーをまとめるという約束なのに、あなたはすでにその六分の一を、無為に過ごしてしまったのよ。うたた寝をしたあと、今度はコーヒーが飲みたい。あなたみたいな怠《なま》け者は、わたしのことを見習うべきだわ」

「一時間二十分もそんな年賀状と睨《にら》めっこをするのが、勤勉だとでもいうのかね」

「理解できないことには、必ずその裏に何かがある。秘められた謎というものがね。その謎を解くために、わたしは推理しているのよ。この年賀状の差出人は、どこの誰なのか。何のためにこんな奇妙な年賀状を書き、どうしてそれを大友さん宛に送ったのか。この年賀状にある文字と絵は、何を意味するのか」

「不可能なことに、挑戦するのはよせよ」

「不可能を可能にするのが、推理小説よ」

「小説は、小説だよ。たった一枚の年賀状から、多くの謎を解明するなんてことが、現実においては可能なはずはない。いくら亭主が推理小説で売り出したからって、きみがそこまで凝るというのは乗りすぎだよ」

「これは、あなたのためにやっているのよ」

「ぼくのためにだって……」

「もし、この年賀状に秘められた謎というものが解明できたら、それをそのまま今度の作品の材料に使えるじゃないの」

「誰かが気まぐれに書いたのか、あるいは悪戯《いたずら》かもしれない一枚の年賀状について、本気になって分析するなんて馬鹿がどこにいる」

「三ヵ日のうちにまとめるストーリーというのは、いったいどうなるの」

ルミ子は、大友の手に口を近づけた。返答次第では、夫の手に嚙みつくという目つきだった。

「明日には、宗彦たちがくる。彼らと何か喋っているうちに、これはと思うようなアイデアが必ず浮かぶから、心配することはない」

大友は慌《あわ》てて、両手を引っ込めた。

「まあ、いいわ。とにかく、コーヒーをいれましょう」

気をとり直したように、ルミ子は立ち上がった。

大友はホッとして、灰皿にあるタバコを口へ運んだ。

明日の正午には必ず、佐久山宗彦と林田美代がくることになっている。この二人だけには、二日の正午に大友家を訪れるようにと、連絡がしてあるのだった。

佐久山宗彦は二十五歳、林田美代は二十六歳で、陽気で愉快なカップルであった。佐久山宗彦は林田美代のことを『ヤーちゃん』、林田美代は佐久山宗彦のことを『サクちゃん』と、互いに愛称で呼んでいた。

その愛称の由来だが、『サクちゃん』のほうは単純明快だった。佐久山の山を省略して、『サクちゃん』と呼ぶのである。『ヤーちゃん』については、もう少しおもしろい由来があった。

それは林田美代に、甲高《かんだか》い声で『イヤー』と口走る癖があるためだった。滑稽なこと、恥ずかしいこと、言葉に詰まったとき、興奮したときと、林田美代はやたらと『イヤー』を連発するのである。

その『イヤー』が『ヤー』と聞こえることから、佐久山宗彦は林田美代に『ヤーちゃん』の愛称を献じたのであった。この『サクちゃん』と『ヤーちゃん』の愛称で呼び合う二人は、ともに同郷であり同じ大学の推理小説研究会のメンバーだった。

そうした二人が、推理小説新人賞を受賞した大友次郎の作品を読んで、すっかり魅了されたというのである。そのとき二人は大友家に押しかけて来て、一方的なファン宣言をしたのだ。

以来、佐久山宗彦と林田美代は家族同様に、大友家に出入りするようになった。その後、二人は大学を卒業して、それぞれの職を得たが、彼と彼女の足が大友家から遠のくということにはならなかった。

相変わらず二人揃って、大友家に出入りをしていた。二人とも推理小説マニアで、その知識たるや大変なものであった。大友次郎にとっても好都合なことであり、いつの間にか二人は彼の格好のブレーンになっていた。

その佐久山宗彦と林田美代が、明日は揃ってやってくるのである。まさに、百人力であった。アイデアなどもらわなくても、彼らと推理小説について話し合っていると、不思議におもしろいストーリーがまとまるのである。

佐久山と美代とは、今月の十一日まで一緒に過ごすことになる。明日、明後日はわが家で歓待し、四日からは二人を八丈島へ連れて行くのであった。

八丈島への旅行は、佐久山と美代のために計画されたものだった。招待旅行なのである。それを思いついて、実行にまで運んだのはルミ子であった。

『人造湖トンネル殺人事件』のアイデアと資料を提供してくれたのは、佐久山と美代だったのである。その小説が長期ベストセラーとなって、大友次郎はいまや流行作家になろうとしている。

ひとつ、そのお礼をしようではないか。ハワイは無理にしても、八丈島への招待旅行だったらと、ルミ子が言い出したのであった。大友にとっては、今後も頼りになる佐久山と美代だった。

特に佐久山宗彦は赤の他人のくせに、大友次郎に容姿がよく似ている。そうしたことから情も移って、大友が可愛がっている佐久山でもあった。大友は『宗彦』と呼びつけにするし、ルミ子までが『宗彦さん』と呼んでいるのだ。

四人揃っての旅行が、楽しくないはずはなかった。それで大友も、八丈島への招待旅行に賛成したのだった。佐久山と美代も、喜んでご招待に応じますということで、年末に帰省したばかりの新潟県の新発田《しばた》市から、明日はもう上京してくるのである。

佐久山と美代が、大友の書き下ろし長篇のために提供してくれたアイデアと資料は、実際の事件に基くものであった。その事件とは林田美代の妹が、事故で死亡するという不幸な出来事だった。

林田美代の妹の千枝は、去年の四月に二十二歳で事故死を遂げた。千枝は郷里の新発田市の信用組合に勤めていたが、二千万円の公金横領の疑いをかけられるという不利な立場へ追い込まれた。

千枝はどうやら、暴力団まがいの男に脅されて、二千万円の金を必要としたらしい。しかし、その辺のことが明らかになる前に千枝は失踪し、二日後には死体となって発見されたのである。

新潟県の新発田市から、赤谷線が南東へ下っている。その赤谷線に沿って十五キロほどのところに、内の倉ダムがある。かつては七段の華麗な瀑布で、七滝と名付けられていた滝があり、七滝山の総称で知られていた土地だった。

そこに、内の倉湖という人造湖が生まれ、内の倉ダムとなったのであった。現在は、この内の倉湖の上流に、更に大規模なダムを建設する計画が進められているという。

内の倉湖に出るには、山をひとつ抜けなければならなかった。ただ一本だけの道路が、トンネルを経て湖畔に通じている。道路は人造湖に突き当たって行きどまりになるし、それより先へは土地のハンターしか進まない。だから、人造湖の周辺は、無人の世界となることが多かった。

内の倉湖へ抜けるトンネルは、三百メートルほどあって、『七滝隧道《ずいどう》』と称されている。この七滝隧道の中で、千枝は死んでいたのである。

全身打撲による即死であり、車にはね飛ばされてトンネルの壁面に激突したものと推定された。警察では轢《ひ》き逃げ事件として捜査を始めたが、新発田市民のあいだでは二千万円横領をそそのかした暴力団まがいの男に殺されたのだろうと、もっぱらの噂だった。

五月になって、この千枝の死からヒントを得た推理小説のストーリーとアイデアを、佐久山宗彦と林田美代が大友のところへ持ち込んで来た。話を聞いて大友は、そのおもしろさに感心した。

大友はさっそく、佐久山と美代に案内されて現地へ向かった。七滝隧道からそう遠くないところに、一軒だけの『七悲喜屋《ななひき》』という民宿があった。七滝山の『七』に、悲しみも喜びもある人生をたとえて、『七悲喜屋』という屋号をつけたのだそうである。

冬は熊の肉、春は山菜、夏は川魚、秋は紅葉を見ての休息を売りものにしている民宿で、主として新発田市の人々が利用しているという。

その七悲喜屋に二日ほど滞在して、佐久山と美代の協力のもとに、大友は取材を行ったのである。大友の頭の中で、興味つきない推理小説の構想がまとまった。

帰京した次の日から、大友は書き下ろし長篇推理小説に取り組んだ。作品は六月の半ばに完成し、九月に出版社から刊行された。発売と同時に、新鮮でおもしろい推理小説と評判になり、驚くほどの売れ行きを示した。

それが、『人造湖トンネル殺人事件』なのである。この一作で、大友は本物の作家になれたのだ。『人造湖トンネル殺人事件』が大友の一生を、いい意味で決定づけることになるかもしれない。

そうだとすれば、佐久山と美代は恩人ということになる。何らかのかたちで、二人にお礼をしなければならない。安すぎるお礼かもしれないが、佐久山と美代を旅行に招待しようという話になったのである。

大友とルミ子、佐久山と美代で、真冬を知らない八丈島での一週間は、きっと楽しいものになるに違いない。四人揃えば、奇抜なアイデアによる推理小説の傑作も、生まれるはずであった。

「このように非常識な年賀状を送るということには、何か重大な意味があると考えていいでしょうね」

コーヒーのカップを電気ゴタツのうえに置きながら、ルミ子が夫の顔をのぞき込むようにした。

「そうかね」

大友は、気のない応じ方をした。

「相手が気を悪くするのを承知のうえで、こんな年賀状を出すんですもの。それなりの目的がなければ、できることじゃないと思うのよ」

「しかし、差出人は住所も名前も、明らかにしていないんだ。まあ、いやがらせじみた悪戯、というところだろうな」

「単なるいやがらせだとしたら、聖母像の絵を丹念に描くなんて、手の込んだことをやるかしら」

「この差出人は、凝《こ》り性なんだろうよ」

「しかも、この差出人は一枚だけの年賀ハガキに、わざわざこれだけのものを描き込んで、出しているんですものね」

「一枚だけだなんて、どうして言いきれるんだ」

「少なくとも、まとめて出した年賀ハガキのうちの一枚ってものじゃないと思うのよ。何枚もまとめて元旦に先方へ届くように、受付期間中に年賀状を出したんなら、郵便局の消印はないはずだわ。でも、この年賀ハガキには、消印があるでしょ」

ルミ子は、コーヒーの湯気の中で笑った。

「へええ」

大友は、妻の顔をまじまじと見やった。一枚の年賀状にもそのような手がかりがあって、そうした推理も可能だということを教えられ、大友は目の覚める思いだったのである。

3

大友次郎は、重ねてある年賀状のうち、お年玉つきの年賀ハガキをざっと調べてみた。なるほど、大半のお年玉つき年賀ハガキには、消印が見られなかった。

元旦に年賀状が届くようにと、早めの受付期間中に郵便局へ持ち込んだお年玉つき年賀ハガキには、消印がないのである。

大友は元旦に届いて、しかも消印のあるお年玉つき年賀ハガキを五枚ばかり抜き取った。消印の日付けを確かめると、いずれも十二月二十九日の十二時から十八時となっている。

これらの年賀ハガキは、受付期間中にまとめて郵便局へ持ち込んだものではなく、十二月二十九日の午後になって一枚あるいは数枚だけ投函したということになる。

この奇妙な年賀ハガキも、去年の二十九日の午後に投函されたのだ。消印は『渋谷』になっている。差出人は渋谷局の管内で、投函したのであった。

だが、それだけのことから、差出人を割り出すのはもちろん不可能である。

「まず、差出人の性別からいきましょうよ」

ルミ子は、張り切っていた。複雑なルールによるゲームを始めるみたいに、勢い込んでもいるのだった。

「性別なら、はっきりしているよ。間違いなく、女だろうね」

ゲームのつもりなら悪くないと、大友次郎も受けて立つ気になっていた。

「その根拠は……？」

大差をつけてリードしているという顔で、ルミ子が余裕たっぷりに質問した。

「字だよ。きちんと丁寧に書かれているけど、どう見たって女の字だろう」

熱いコーヒーを慌てて吐き出しながら、大友次郎は言った。

「それだけのことなの」

自信ありげに、ルミ子は笑った。

「ほかに、まだ何かあるのか」

今度は注意して、大友はゆっくりとコーヒーを飲んだ。

「この絵よ。マリア像なんて、いかにも少女趣味だわ。五色の色鉛筆を使って、丁寧にマリア像を描くとなれば、それはもう女性に決まっているわね」

「確かに、少女っぽい」

「これは、赤ン坊のイエス・キリストを抱いているマリアで、聖母像ということになるんだけど、それを描写した絵だと思うの。この聖母像とかマリア像とかに、少女というのは不思議とあこがれるのね」

「ずいぶん、詳しいじゃないか」

「わたしだって、聖母マリアにあこがれた時代があったのよ」

「そうか」

「だから、年もまだ十代の女の子ってことになるんじゃないかな」

「それはちょっと、独断がすぎるな。二十すぎの女の子が、聖母像を描いたとしてもおかしくはない」

「二十をすぎてから、色鉛筆で聖母マリアを描いたりするかしら。でも、いいわ。妥協して、十九歳ぐらいということにしておきましょう」

「だったら勝手な想像ということで、データに基いての推理とは言えなくなるぞ」

「高校を卒業して、まだ何年もたっていない女の子だということを、裏付けるデータはまだほかにもあるのよ」

「色鉛筆を使って聖母マリアの絵を、年賀ハガキに描いたということのほかに、データがあるのか」

「ええ」

「拝聴しよう」

「そのデータというのは、この短い文章の中に含まれているのよ」

ルミ子は、マリア像の絵の右側に並んでいるペン字を、指先でなぞった。

「うん」

大友も、考え込む目つきになっていた。

「まず、この改行の仕方だけど、ひどく無神経だとは思わない？」

ルミ子は、そう指摘した。

なるほど、その指摘はもっともであった。改行の区切り方が、実に無神経なのである。

罪はこの世を長い闇にす
るのです

これは下に文字を続ける余裕がなくて、やむを得ず改行したというのではなかった。まだ充分に余裕があって、文字の下の部分は空白になっている。

それにもかかわらず、無頓着に改行しているのである。おそらく書き手に、文字を二行にしようという漠然とした意識が働いていて、ほかには意味もなく改行したのに違いない。

それにしても、普通ならもう少しまともな改行を、心がけるはずであった。

罪はこの世を
長い闇にするのです

罪はこの世を長い闇に
するのです

このような改行であれば、文章も整うのである。正しいというより、常識的でまともな改行の区切り方だと、納得もいくのであった。ところが、それを——

罪はこの世を長い闇にす
るのです

と、書いているのだった。これは、ひとつの文章というもの、あるいは改行の効果といったことに対して、まったく配慮がなされていないのである。

「こういったことに無神経、無頓着であり、デリカシーを欠いているのは、いまの若い人たちの特徴だって言えるんじゃないかしら。特に、高校を出て間もない十代の子には、ありがちなことだわ」

ルミ子は、そのように説明を結んだ。

「うん」

正しい判断だと思ったし、大友には反論する気持ちもなかった。

「それから、もうひとつ。この何とかなのです、という文体がいかにも十代の子みたいな気がするのよ」

「いまの十代の女の子には、言葉遣いにもそういう特徴があるね。それは、イケナイノデス。それは、イケナイノデース。何とかデースって、引っ張ったりしてね」

「長い闇にします、長い闇にいたします、とこうなれば大人っぽいんだけどね。長い闇にするのです、というのはやっぱり十代の幼さを感じさせるわ」

「その点は、同感だ。しかし、高校を卒業して何年もたっていないと、決めつけてしまうのはどうかと思うな。大学生あるいは短大生でも、いいんじゃないのかね」

「わたしは高校を卒業して、すぐにお勤めに出た女の子だと思うわ」

「どうしてだ」

「この字は、きちんと丁寧に書いているように見えるけど、意識的にそうしたという字ではないわね。こういう字を書き馴れていて、当たり前に書いていても、習慣的にこうなってしまう。つまり、職業的な字だわ。ノートをとる学生の字には、もっとムラがあるわよ」

「こういう字を書かなければいけないという必要性から、習慣としてでき上がった字体か」

「そうだとしたら、職業についていて事務の仕事をしていたということになるでしょ」

「だから、高校を出てすぐ就職して、まだ何年もたっていない女の子ってわけか」

「それに、この女の子は東京の人じゃないわね」

「どうして、そんなことがわかるんだ。この年賀状は、東京の渋谷局の消印になっているんだぜ」

「いまは、東京にいるのよ。でも、東京に長く住んでいる人ではなくて、おそらく最近になって東京で暮らすようになったんでしょうね」

「その判断の根拠は……？」

「宛先を、東京都杉並区今川五ノ三三ノ一一と、書いているでしょ」

「うん」

「東京の渋谷に長く住んでいる人なら、東京都杉並区とは書かずに、都内杉並区と書くでしょうね」

「そうか。都内での郵便のやりとりに、わざわざ東京都とは書かないな。都内杉並区とするか、都内も省略して杉並区から書き出すかだろうね」

「この人は地方にいて、東京へ手紙を出すときには必ず東京都と書いていた。それが最近になって、東京で暮らすようになった。でも、以前の習慣が残っているので、東京都と書いてしまったんだわ」

「最近、地方から東京へ、引っ越して来たのか」

「引っ越して来たんじゃないと思うの。この人、家族と一緒じゃないような気がするのよ」

「どうしてだ」

「あなたのところへ来た年賀状を見ればわかるんだけど、何も工夫がしてなくて自分で書いた字だけの年賀状というのは、ほとんどないんじゃないの」

「うん。写真、字だけの印刷、印刷した字と図版、図版だけの印刷、自分で版画を押したもの、ガリ版刷りと、何らかのかたちで手がかかっている。肉筆の字だけというのは、五、六枚しかないね」

「そのように手をかけるのは、年賀ハガキをまとめて何枚も買い込むからでしょ。同時に、それを使うのは家族全員、ということになるわ」

「でも、年賀ハガキを何枚も必要としない人は、当然のことながら活字や絵柄の印刷はしない」

「ほんの数枚の年賀ハガキなら、自分で筆やペンを走らせるでしょうね。そして、数枚の年賀ハガキで事たりる人は、ひとり暮らしをしているというパーセンテージが高いんじゃないかしら」

「しかし、母子二人だったりすれば、やはり多くの年賀ハガキは必要としないんじゃないのかな」

「ところがね、母子二人暮らしだろうと、そこには生活というものがあるはずでしょ。でも、この人の場合は、生活の匂いがまったくしないのよ」

「そうかね」

「この聖母像の絵を、ごらんなさいな。マリアさまの衣服の模様から、バックの細かい装飾まで、実に丹念に綿密に描いているじゃないの」

「五色を使って、その精緻さといったら、まさに芸術品だよ」

「多分、この聖母像を描き上げるのに、三日はかかっているでしょうね。だけど、年賀ハガキに聖母像をこうまで緻密に描く意味も、必要もないと思うのよ」

「じゃあ、どうしてこんなに細かく、時間をかけて描いたんだ」

「その理由はただひとつ、彼女には暇があり余っているからよ。時間がありすぎるから、暇つぶしにということもあって、結果的にはこんなに緻密な絵になったってわけなんだわ」

「なるほど……」

「年の暮れは、誰だって忙しい。そんなときに彼女だけは、三日がかりで年賀ハガキに絵を描いていた。だから、この人には生活の匂いがないし、ひとりで東京にいるのではないかって、推理できるじゃないの」

「地方から東京へ、最近になってひとりで出て来た。しかも、彼女は現実の生活にはかかわりなく、時間を持て余すほどのんびり過ごしていられる」

「そのうえ彼女は、先月の二十九日という時点で、まだ東京にいたわけよね。暮れの二十九日になっても、彼女は帰郷しようとはしない。もちろん、彼女は年末も年始も、東京にいるっていうことになるわ」

「彼女はいったい、どんな環境におかれているんだ」

「その答えも、たったひとつしかないわ。彼女は、病人なのよ」

「東京の病院に、入院しているんだ！」

大友は興奮気味に、大きな声を出していた。

「彼女は、病気になった。それで、東京の病院を紹介されて、そこに入院したほうがいいということになった。この数ヵ月のうちにでしょうけど、彼女は郷里をあとに上京して、渋谷にある大きな病院に入院した。現在も彼女は、そこで入院生活を送っている」

ルミ子は得意げな顔になって、パチンと指を鳴らした。

「凄い！　この年賀状の差出人に関して、ひとつの結論が出されたんだ！　ルミ子も、なかなかやるじゃないか」

大友は、ルミ子の顎に手をかけた。

「あなたとは、ちょっと違うのよ」

ルミ子も興奮しているらしく、頰を紅潮させていた。

「ぼくが寝ているあいだに、一時間二十分も研究していたんだろう！」

大友は両手で、ルミ子の顔をはさみつけた。

4

馬鹿々々しいとか、くだらないとか、大友次郎はもうそうした考えを捨て切っていた。おもしろくもないと思っていた子どものゲームに、いつの間にかすっかり熱中してしまったという大人の心境だった。

一枚の年賀状から、その差出人がいかなる人間かを、推理によって割り出す。そんなことはとても不可能だと、問題にもしなかったのが、何と可能になったのである。

地方在住の十九歳ぐらいの娘で、高校を卒業して就職し、事務系統の仕事に従事していたが、難しい病気にかかり最近になって東京の渋谷にある病院に入院した。と、そこまで具体的な輪郭が、推定されたのである。

こうなっては、もうやめられなかった。ほぐれ始めた糸は、最後までという気持ちになる。難解な高等数学でも、解けそうだという自信を得たら、答えを出さずにいられなくなるのが人情だった。

大友次郎も、真剣になっていた。妻にリードされて、受身の状態を続けていたが、もはやそのままではすまされない。ルミ子に負けてなるものかと、大友はやる気を起こしていたのである。

ルミ子が参考資料として、二軒の大友家の家族構成をメモに書き出した。
わが大友家は、家族が二人であった。
大友次郎　三十五歳　作家。
妻　ルミ子　三十歳　無職。
近くにあるもう一軒の大友家は、家族が五人だという。
大友世志夫　五十二歳　会社員。
妻　敏子　四十五歳　無職。
長女　春子　二十二歳　ＯＬ。
次女　夏子　十九歳　短大生。
長男　孝男　十七歳　高校生。
ちなみに、この大友家は現在の土地に住みついて二十三年になり、家族のほかに同居人をおいたことがないそうである。
大友次郎とルミ子は、一枚の年賀ハガキを前にして沈黙を続けた。大友次郎はコーヒーを飲み、タバコをふかし、あとは胸高に腕を組んでいる。ルミ子も正座したままの姿勢を、崩そうとはしなかった。まるで、将棋の名人戦の雰囲気だった。
庭が赤く、染まり始めた。この年の元日も、すでに暮れようとしている。やがて夕闇が訪れて、家の中の静寂を寒々としたものにさせた。だが、夫婦は依然として、その場を動こうともしなかった。

「罪に関係がある」

ようやく、大友次郎の口からつぶやきが洩れた。

それが口火を切ったことになり、沈黙のときは終わった。夫婦は互いに次の指し手を決めて、駒を進める気になったのである。機が熟して、戦火を交える時が訪れたのだった。

「そうよ、罪に関係があるわ」

ルミ子が立っていって、壁にある電気のスイッチを、残らず押した。電気ゴタツのある和室、並びのリビング・ルーム、台所などが、次々に明るくなった。

「第二の難関は、どういうつもりで、何を目的に、差出人である彼女はこうした年賀状を送ったかなんだ」

大友次郎は、ルミ子を見上げた。

「そう。だから、差出人である彼女は罪に関して、何かを訴えようとしているんだって、解釈していいんじゃないかしら」

ルミ子は、ピーナッツとカキモチを山積みにした漆器を置いてから、元の席に腰を落ち着かせた。

「〝罪はこの世を長い闇にするのです〟というのは、相手に罪の意識を持ちなさいって訴えかけている言葉だろう」

さっそく大友は、ピーナッツに手をのばした。

「なぜ罪の意識を持たないかと、相手を責めているという感じね」

ルミ子も、カキモチを口の中へ入れた。カリカリと小気味よい音が、派手に聞こえた。

「その相手とは、受取人の大友三郎とあや子ってわけだ。つまり、大友三郎とあや子が罪を犯していて、知らん顔でいる。差出人である彼女は、そのことを責めている」

「差出人である彼女を、A子ってことにしましょうよ」

「いいだろう」

「ここに、ひとつの罪がある。その罪を犯したのは大友三郎とあや子であり、A子は被害者ということになるのね」

「いや、被害者の立場にあるんだったら、こんなに遠回しな責め方はしないよ。もっと具体的に、はっきりと抗議するはずだ。それに年賀状を利用したりしないで、より厳しい態度をとるだろう」

「時間をかけて丹念にマリア像を描くというのは、A子にかなり気持ちの余裕があるって証拠ですものね」

「被害者だったら、そんなのんびりした心の余裕なんて、持てるはずがない」

「A子としては、それとなく罪の意識を持つことを、相手に促している。それで年賀状を利用して、やんわりと相手に持ちかけるということを、思いついたのかもしれない」

「そのために、〝罪はこの世を長い闇にするのです〟と表現も遠回しにして、罪を恐れよと訴えるつもりでマリア像を描いた。罪を責めるにしても、A子には寛容さが感じられる。それはA子が直接の被害者ではなく、第三者の立場にいることを物語っている」

「第三者が、罪の自覚を訴えるとしたら……」

「A子は第三者でありながら、その罪となる事実を知っているんだよ。たとえば、目撃者というのがそうだろう。第三者であって、犯罪行為を承知している」

「目撃者だとか犯罪行為だとか、話が深刻になって来たわね」

「罪を自覚せよ、罪を恐れよ、このままではすまされないのだ、とA子は迫っているんだからね。そこに犯罪行為があったとしても、おかしくはないじゃないか」

「でも、これは相手の良心に訴えるという程度の罪であって、刑事事件になるような犯罪行為じゃないと思うわ」

「ぼくの考えは逆で、このことの裏に隠されているのは、かなり重大な犯罪行為だと見ている」

「たとえば……？」

「殺人だよ」

「まさか！　あなた、小説の世界と現実とを混同しないでよ」

「大友三郎とあや子は、人殺しという完全犯罪をやってのけた。それで三郎とあや子は、今日まで無事にすんでいるし、これから先も何食わぬ顔で過ごすつもりでいる。ところが、実はA子という目撃者がいた。A子はいつか三郎とあや子が逮捕されるのではないか、あるいは三郎とあや子が良心の呵責《かしゃく》に耐えかねて自首して出るのではないかと、期待しながら事の推移を見守っていた。ところが、三郎とあや子が逮捕されたり自首したりする気配は、一向《いっこう》に感じられない。そこでA子は我慢できなくなって、こうした年賀状を送ることを決意した」

「この年賀状は、目撃者がいることを明らかにして、三郎とあや子に自首をすすめるためのものってわけね」

「当の三郎とあや子は、この年賀状を見ればすぐに意味がわかって、びっくり仰天《ぎょうてん》するだろうよ。〝罪はこの世を長い闇にするのです〟という言葉とマリア像は、三郎とあや子の犯罪を目撃者が告発しているということになるんだからね」

「そうかな。犯罪を告発する意味で、聖母像を描いたんだという見方には、わたし異論があるわ」

「どんな異論だ。もし、A子がキリスト教の信仰者であれば、そういう意味でマリア像を描くことだってあるだろう」

「それが、むしろ逆なのよ。キリスト教の信者であれば、むしろ聖母像を描いたりはしないと思うの。ルター教会以外のプロテスタントは、聖母マリアの崇敬を無視して、キリストの母を否定的に扱っているのよ。したがって、日本に多いプロテスタントの信者であれば、マリア像を描いたりはしない。また、マリア崇敬のカトリック信者だったら、恐れ多くてこんなところに聖母像は描かないと思うの」

「するとA子は、キリスト教の信仰には無関係か」

「A子はかつて、聖母マリアにあこがれていたことがあった。それでA子は、聖母マリアへの関心が深く、マリアについての知識も豊富である。だからこそ、聖母像のカラー写真も持っていて、それを見ながら精密な絵を描くこともできた。ただそれだけのことで、A子はキリスト教の信者ではないと思うわ。もし、キリスト教の信者だったら、マリア像じゃなくて十字架を描くでしょうね」

「じゃあ、どうしてA子は、マリア像なんかを描いたんだ」

「もちろん、罪を恐れよと言いたくて、マリア像を描いたんでしょうね。でも、それだけじゃないと思うの。このマリア像には、ほかにも意味があるのよ」

「そういうことになると、きみのほうが詳しいからな」

「それに、A子が人殺しの目撃者だったんなら、どうしてそのことを警察に通報しなかったのかという疑問が残るわ」

「そこには何か、事情があったんだろうな。みずから警察へは持ち込みたくない、あくまで三郎とあや子に自首をすすめたい、という何かがあるんだよ」

「いずれにしても、殺人と結びつける根拠なんて、ないんじゃないの」

「いや、根拠はある。加害者は三郎とあや子、目撃者はA子と、これははっきりしているだろう」

「うん、まあね」

「しかし、肝心の被害者が、いないじゃないか。被害者が健在なら、A子の介入なんて無用だよ。被害者が直接、加害者に抗議する。ところが、被害者は沈黙していて、代わりにA子が加害者を告発しているんだ。では、被害者はどうして、沈黙を守っているのか。それは、被害者がこの世に、存在していないからではないか」

「そうか。死人に口なしということで、被害者は沈黙しているのね」

「加害者がいて、被害者はこの世にいない。そうなれば、殺人としか考えられないだろう」

「それで殺された被害者に代わって、目撃者のA子が加害者を告発する」

「理論的にも、殺人と判断できるんじゃないのか」

「あなた、これは殺人事件に間違いないわよ」

ルミ子は手にしたカキモチを、漆器の菓子鉢へ戻していた。目は忙《せわ》しく動いているが、緊張しきった面持《おもも》ちだった。

「どこかで、誰かが殺された。殺したのは三郎とあや子で、それを目撃したのがA子なんだよ」

　大友も、もっともらしい顔で、うなずいて見せた。

「殺人事件の目撃者であれば、A子が住所も名前も書かずに、差出人不明にしておいたのは当然ということになるわ」

　ルミ子は気を鎮めるためか、深呼吸を繰り返していた。

「うん」

　大友は、冷たくなっているコーヒーに口をつけた。

「あなたって、やっぱり大したものよ」

　ルミ子が尊敬の眼差《まなざ》しで、夫の顔をつくづくと眺めやった。

「まあ、その気にさえなればね」

　大友はタバコの煙を、ゆっくりと天井へ吹き上げた。

「そうなると、この加害者の名前が気になるわね。宛名にある大友三郎とあや子が、犯人というわけでしょ」

「もちろん、そうだろう」

「だけど、そういう名前の人間が、いないんですもの」

「しかし、杉並区今川五ノ三三ノ一一に住む大友さんとなると、あそこの大友さん以外には考えられないぞ」

ないわ」

「そうなのよね。住所も大友姓も、ぴったり一致するんだから、間違いってことはあり得ないわ」

「ところが、あの大友さんの家には、三郎もあや子もいない。ご主人が世志夫、奥さんが敏子、二人の娘が春子に夏子、息子さんが孝男となると、三郎とあや子なんて似ても似つかない名前だ」

「こうなると、大友さんのお宅へ行って、三郎さんとあや子さんに心当たりはありませんかって、訊くわけにもいかないしね」

「あの大友さんの家族の中に、殺人犯が二人いるということなんだからな。話は穏やかじゃないし、大きな声では口にも出せないんだぜ」

「でも、何とかしなければ……」

「その前に、飯にしようよ」

そうする必要もないのに、大友とルミ子はいつの間にか、声をひそめてのやりとりを交わすようになっていた。

近所の家々も闇の中に没して、静かな元日の夜が訪れていた。

5

お煮染《にし》めと新巻、それに白菜の漬物で夕食をすませた。大友次郎とルミ子は、話もしないで食事を急いだ。大友にはもう、一杯やりたいという気持ちもなかった。二人の目の前には、例の年賀ハガキが置いてある。

食事の最中にも、夫婦の目はその年賀ハガキへ走りがちだった。食べながらも、思索を続けているのである。中断した勝負を一刻も早く再開したいという思いが、食事を急がせたのであった。

「ねえ、A子は犯人の名前を、知っていないんじゃないかしら」

湯呑に煎茶をつぐと、待ちきれなくなったようにルミ子が口火を切った。

「三郎とあや子ってのは、いいかげんにつけた名前だというのかい」

残っていた白菜の漬物を、大友は口の中へほうり込んだ。

「A子という目撃者は、たまたま殺人現場を見てしまった。そうだとしたら、A子が犯人の名前を知らなくて当たり前でしょ」

ルミ子は湯呑を、両手で包むようにした。

「住所と大友という姓は、あとになってわかった。しかし、名前のほうは、調べようがなかったのか」

　大友は煎茶をすすりながら、宙の一点を凝視した。

「でも、だからって名前を、あてずっぽうに書くなんてことはしないわね」

「A子が犯人たちの名前を、耳で聞いただけというのであれば、聞き違えたってことにもなるだろう」

「A子の耳には、三郎とあや子という名前に聞こえた。殺人現場を見たんだから、A子のほうも気持ちが動転しているでしょ。だから聞き違えるってことは、大いにあり得るわ」

「宛名が、あや子って平仮名になっているじゃないか。耳で聞いただけなら、字までわからないのは当然だ。三郎だったら、三郎としか書きようがないので、漢字で書いた。しかし、あや子のほうは、当てはまる漢字がいくつもあって、どれを書いたらいいのかわからない。それでA子は、平仮名であや子と書くしかなかったんじゃないのか」

「きっと、そうよ。あなた、ますます冴《さ》えて来たみたいね」

「だけど、大友さんのところの家族には、三郎とあや子に聞き違えるような名前がないぜ。世志夫と孝男は、絶対に三郎とは聞こえない。敏子、春子、夏子も、あや子とは聞き違えないだろうな」

「ほかのことを言ったのを、名前だとA子は思い込んでしまったのかもしれない。犯行直後に、犯人たちが声をかけ合ったのよ。たとえば女が被害者の死んだことを確認して、男に〝成功！〟って声をかけた。それに対して男が急いで逃げようという意味で、女に〝早く！〟って声をかけた。それをA子は、犯人が互いに名前を呼び合ったものと、受け取ってしまったんじゃないかしら」

「〝成功〟が三郎と聞こえ、〝早く〟があや子って聞こえたのかい」

「犯行現場が建設中のビルの中とか、学校の講堂とか、ガランとした広い建物の中であれば当然、声が反響するでしょ。響けば言葉が不明瞭になって、聞き違えることにもなる」

「そうだとしても、成功が三郎、早くがあや子って聞こえるというのは、かなり苦しい」

「そうかしら」

「大友さんのご主人は、どこにお勤めなんだい」

「あなた、知らないの。大友さんのご主人は、銀行マンじゃないの」

「そうだったっけ」

「それも、本店の人事課長さんよ」

「本店の人事課長というのは、地方への出張が多いんだろうか」

「それが、まったくないみたいだわ。主人はまるで機械のように出勤と帰宅の時間が正確で、外泊するということは一度もない。たまには出張でもしてくれると、息抜きができるんだけどって、奥さんがおっしゃってたもの」

「休日も、あまり出かけないんだな」

「趣味は読書で、ゴルフもやらないそうよ」

「すると奥さんも、あまり出かけないな」

「結婚してからただの一度も、旅行したことがないって、こぼしていらしたわ」

「すると夫婦揃って、地方へ行くようなことは、まったくないわけだね」

「地方に何か、問題があるの」

「きみの推理によると、A子は地方在住で、最近になって渋谷の病院に入院したということだ。入院中のA子が、殺人事件を目撃するはずはない。すなわちA子は、入院する前に人殺しの現場を目撃したんだろう。だとすればA子は、地方にいるときに殺人事件を目撃したんだ。つまり、その殺人は地方において、行われたということになる」

「したがって、犯人には地方へ出かけていく機会がなければならない。大友さんのご主人と奥さんには、そうした機会がないわけね」

「それに、あのご夫婦には人殺しをしたうえに、口を拭って平然としているなんてことが、できるとは思えないな」

「同感よ。それに二人のお嬢さんも、話しかけられただけで恥ずかしそうに頰を染めるくらい、純情で内気でおとなしいんですものね」

「息子の孝男君だって、礼儀正しくて感じのいい少年だろう」

「孝男君は一年ぐらい前から、大学受験の準備しか頭になかったみたいよ」

「そうなると、大友さんの家族の中に二人の殺人犯がいるという想定は、成り立たなくなる。ということは、A子が殺人事件の目撃者であって、この年賀ハガキは犯罪を告発しているって推理も、根底から覆されるわけだぞ」

大友は、肩をすくめた。妄想ごっこを、楽しんでいるだけのことではないか。考えてみれば、どうも話がうますぎたという気持ちに、大友はなっていたのである。

「わたしは、まだ諦めないわ」

ルミ子は年賀ハガキを手にして、それを憎悪するように凝視した。夫の仕事のために、何とかモノにしてやろうという女の一念が、ルミ子の目にはこめられていた。

「これ以上の前進は、ないと思うがね」

大友は、大あくびをした。

「この聖母像の意味さえわかれば、一挙に陥落ってことになるんじゃないかな」

ルミ子は、唇を尖がらせて言った。

「罪を恐れよと訴えるための聖母像というだけではなくて、ほかにも何かあるとしたら、やっぱり聖母マリアに関しての何かに引っかけているんだろうな」

「それしか、考えられないわね」

「マリアというギリシャ語は、〝高められたもの〟という意味だ。ヘブライ語だと、ミリアムとなる」

「そんなことを、よく知っているわね」

「このくらいのことを知らずして、小説が書けるか」

「でも、聖母マリアに関しては、わたしのほうが詳しいでしょうね」

「あこがれていた時代に、あれこれと調べたっていうんだろう」

「ねえ、この年賀状だけど、誤配されたんじゃないのかもしれないわ」

ルミ子が、唐突に言った。

「誤配じゃない？」

大友は、眉をひそめた。

「大友さんのお宅に配達されるべき年賀ハガキが、わが家に誤配されたのではなくて、正しく間違いなくわが家に配達されたってことなんじゃないかしら」

「それは、どういう意味だ」

「つまり、この年賀ハガキはわが家に、送られて来たものってことよ」

「冗談じゃないぜ、ルミ子」

「番地が今川五ノ三三ノ一一ではなくて、五ノ三五ノ一一って読めるもの。一画だけ寸たらずになっているけど、これは三じゃなくて五と書いたつもりなんだわ」

「うちは、次郎とルミ子だけじゃないか。三郎にあや子なんて、親戚にもいないぞ」

「それをA子は、あなたの肉親とか身内とか、思ってしまったのよ。A子は一度あなたに会ったことがあり、大友次郎だって知ったんだわ。そのとき、殺人犯はあなたと一緒だった。それで、A子は犯人をあなたの肉親、身内だと思い込んでしまった。あなたの住所は、出版社に問い合わせれば、簡単にわかるでしょ。それでA子は、ここの住所を書いてこの年賀ハガキを投函した。そうすれば、たとえ犯人たちがこの家に住んでいなかったにしろ、あなたの手を通じて三郎とあや子に、この年賀ハガキが届くだろうとA子は思ったのよ」

「A子は、ぼくの読者ということか」

「A子が警察に届けなかったのも、年賀ハガキを出すまでずっと推移を見守っていたのも、そのためだったんだわ」

「事件にぼくが、関係しているかもしれない。そうでなくても、売り出し中の作家の肉親を、殺人犯として告発するんだから、A子としても慎重にならざるを得なかった。一読者の人情からも、作家の肉親が人を殺したと、軽々しく警察に通報する気にはなれない」

「そのためにA子は、犯人が逮捕されるか自首するかして、事件が自然に解決するのを待っていたんでしょうね」

「ところが、事件が自然に解決する気配はない。A子はついに待ちきれなくなって、この年賀状を書いて出したということか」

「A子らしい読者に会った記憶はないか、犯人となる三郎やあや子と行動をともにしたことはないか、思い出してちょうだい」

「男と女のカップルで行動をともにしたことがあるとすれば、宗彦と美代さんのほかにはない」

「宗彦さんと美代さんなら、あなたも一緒に地方へ出かけているわね！」

声を張り上げて、ルミ子は立ち上がった。

「去年の五月に、新発田市郊外の内の倉湖へ行っているぞ！」

テーブルを叩いて、大友も腰を浮かせていた。背筋を、悪寒が走った。

「そのとき泊まったのは、七悲喜屋という民宿だったわね」

心臓が苦しく感じられるのか、ルミ子は手を左胸に押し当てていた。

「変わっている屋号なので、忘れはしない。七悲喜屋と、はっきり覚えている」

大友は興奮して、口早になっていた。

「聖母マリアには、七つの悲しみと喜びというのがあるのよ」

「何だい、それは……」

「第一に老人シメオンの預言、第二にエジプトへの避難、第三に三日間わが子を見失った母、第四にゴルゴタへ十字架をになうわが子、第五に十字架にかけられるわが子、第六に十字架よりわが子をおろす母、第七が葬られるわが子、と以上が悲しみよ。それから第一に聖告、第二にエリザベト訪問、第三にキリスト降誕、第四に公現、第五に宮詣で、第六が復活、第七が昇天、と以上が喜びなの。これを〝マリアの七つの悲しみと喜び〟って、言っているのよ」

「七つの悲しみと喜びで、七悲喜屋に通ずる。このマリア像の絵は、七悲喜屋という民宿を表わしているんだ」

「あなたは七悲喜屋で、A子と会っているんだわ。きっと……」

「そう言えば、高校を卒業したばかりだという娘さんが帳場を受け持っていて、その七悲喜屋の娘さんからぼくはサインを頼まれた」

「その娘さんが現在、東京の渋谷の病院に入院中のA子なんだわ」

「そのとき、宗彦と美代さんが一緒だった。七悲喜屋では宿帳代わりのノートに、ぼくが大友次郎ほか二名と書き込んだ。美代さんはともかく、宗彦はぼくによく似ているだろう。それでA子は宗彦を、ぼくの弟だと思い込んでしまったんだ。A子は、宗彦と美代さんの名前を知らない。ただし、姓だけはぼくの弟だとすれば、大友だとA子にもわかる」

「しかし、A子が宗彦さんと美代さんを見るのは、初めてじゃなかったのよ。一ヵ月ほど前、A子は近くの七滝隧道で人殺しがあった直後に、車に乗って逃げる犯人らしい男女の顔を見かけたんだわ。その犯人たちが、大友次郎の肉親として七悲喜屋に姿を現わしたんだから、A子も驚いたでしょうね」

「千枝さんを殺したのは、姉の美代とそれに宗彦だったのか」

「だけど、宗彦と美代がどうして、三郎とあや子になってしまったのかしら」

「やっぱりA子は、トンネルの中で宗彦と美代が声をかけ合うのを耳にして、それが反響によって不明瞭だったことから、三郎とあや子に聞き違えてしまったんだ」

「長さ三百メートルのトンネルだったら、エコーがかかったみたいに響くからね」

「ところが、宗彦と美代は互いに、相手の名前を呼んだわけではなかった」

「そうよ。いくら不明瞭になっても、宗彦を三郎、美代をあや子とは聞き違えないわ」

「二人はいつもの調子で、口癖になっている愛称で相手を呼んだんだよ」

「サクちゃんに、ヤーちゃんね」

「サクちゃんが、サブちゃんと聞こえることは、充分にあり得るだろう」

「それはもう、いちばん間違えやすいんじゃない。そして、サブちゃんとなれば、名前は三郎しかないでしょう」

「ヤーちゃんというのは、アヤちゃんと聞こえたんだ。アヤちゃんならアヤ子だろうけど、字がわからないのであや子とした」

「これで、完璧ね」

「もうひとつ、トンネルの中における殺人だということを、A子はこの年賀状に明記しているよ」

「どこに、そんなことが書いてあるの」

「罪はこの世を長い闇にすると書いてあるけど、長い闇とはトンネルという意味も兼ねているんじゃないのかね」

「そうに、間違いないわ」

「さあ、秘められた謎は解けた」

「不可能が、可能になったじゃないの」

ルミ子は、長く溜息をついた。

「推理作家に相応《ふさわ》しい元日だったな」

大友次郎も、全身の力を抜いて、両肩を落としていた。緊張感から解放されながら、大友に満足する気持ちはなかった。後味が悪いというより、どうにも信じられないことだったのだ。あの推理小説マニアの佐久山宗彦と林田美代が、実際に完全犯罪を目ざして殺人を実行していたのである。

二人が一方の実の妹である千枝を殺した動機については、当人たちの口から聞き出すほかはない。男と女の共犯だから多分、色恋のもつれということになるのだろう。佐久山宗彦が妹から姉に乗り換えたことから、暴力団まがいの男に解決を一任するなどと、千枝が脅しをかけたりしたのかもしれない。

いずれにしても明日には、屈託のない顔の佐久山宗彦と林田美代を、迎えることになる。いっさいを説明したうえで、二人を自首させなければならない。四日からの旅行は夫婦二人だけということになるし、大友次郎は百人力のよきブレーンを失うのであった。

しかし、それにしてもたった一枚の年賀状から、殺人事件の犯人を推定することも可能なのだと、大友次郎は感慨を覚えていた。

「ねえ、今日のこの謎解きだけど、そっくりそのままストーリーにまとまるでしょ」

ルミ子が、目を輝かせて言った。

女とは実に、恐ろしいものである。

（「小説現代」1980年2月号）

知る
——倒叙と殺人

1

わたしは、殺される。

しかし、わたしはこのままほうっておいても、間もなく自然死を遂げる身体なのである。もちろん、そうとわかっていれば、わたしを殺したりはしないだろう。近いうちに死ぬことになっている人間を殺すほど、無意味で間抜けた話はないのだ。雨が降る直前に、庭に水を撒《ま》くようなものではないか。

だが、雨が降り出すことを知らない人間なら、せっせと庭に水を撒くはずであった。わたしの致命的な病気を知らない人間は、わたしを殺すことだろう。人間の病気は空模様のように、明確な前兆を示すとは限らないから、なおさらのことであった。

そんなことを考えていると、わたしは何となく愉快になってくる。

殺してからわたしに死期が迫っていたことを知り、さぞや口惜しがるだろう。犯人は頭をかかえて後悔し、みずからの愚行を嘆くに違いない。数えきれないほどの札束を、ビラと間違えて飛行機のうえから、ばら撒いてしまったようなものなのだ。

実に、愉快ではないか。

知らぬがホトケという言葉もあるが、それとは逆に、知らないことほど人間にとって不運な間違いはない、といった場合もあるのであった。わたしは、その不運な間違いというのを、無邪気な魔女のように密かに喜んでいる。

さて、いったい誰が、その不運な間違いを犯すことになるのか。それが、わたしの見も知らない人間でないことだけは、確かなのであった。

そう、この家に住んでいる人間たちのうちの誰かなのである。

父か。

義母か。

夫か。

妹か。

従弟か。

その愛人か。

あるいは、お手伝いか。

この七人の中に、わたしを抹殺したがっている人間がいるのであった。しかも、そいつはかなり焦っている。一日も早く、わたしを殺さなければならないと、いまだってイライラしているのに違いない。

もしかすると、今夜にでもわたしを殺そうとして、計画を練り上げているかもしれないのだ。いや、いまから五分後にそいつが、わたしの寝室へ侵入してくるということも、考えられるのである。

それを、わたしは心待ちにしている。

恐ろしくなどなかった。

どうせ間もなく死ぬのだから、わたしには怖いものなしということになる。

それよりも、わたしは楽しみであった。そいつが、どんな顔をしてわたしを殺そうとするか。そいつが誰だったかを、わたしの目で確かめる瞬間が……。

世界一、不運な人間。

哀れで、愚かな殺人者。

そう思いながら、そいつの顔をしみじみと見てやる。そして、わたしは殺されてやる。息絶えるとき、わたしはエクスタシーを味わうことだろう。わたしはあの世の闇の中へ吸い込まれるまで、魔女のような声で大笑いを続けることだろう。

日下部《くさかべ》洋子、三十歳にして哄笑《こうしょう》しながらこの世を去る——。

何とも、楽しいではないか。わたしは三十年の人生において、これほど悪魔的な楽しみ方、ニヒリスティックな悪戯《いたずら》を思いついたことはないのである。

誰かが、わたしのことを殺したがっている。

動機は、わたしの口を封ずることにあるのだ。

つまり、わたしに重大な秘密を握られていて、それがわたしの口から洩《も》れることを恐れているのである。少なくとも、そいつはそのように思い込んでいる。

そう、そいつが勝手にそう思い込んでいるというところが、またおもしろいのであった。実をいうと、わたしは決定的なことを、知ってはいない。つまり、これと言える特定の人間の秘密など、知らずにいるのである。

ところが、そいつはわたしに知られたものと、決めてかかっているのだった。

わたしが知らずにいるということを、そいつも知らずにいる。そのうえ、そいつはわたしが間もなく死ぬということも、知らずにいるのであった。しかも、そいつが誰であるかを知らないわたしは、是非ともそいつの正体を知りたがっている。

まったく、滑稽ではないか。ルールも知らずにゲームをやっていて、その結果を知ることを楽しんでいるようなものだった。

五日前に、わたしは退院した。

歩行を禁じられているわけではないが、寝室のベッドのうえに落ち着くと、わたしはもう動こうともしなかった。二階にあるお手洗いへ足を運ぶほかは、寝室の外へ一歩も出ようとしないのである。

退院してから寝室を出たのは、三回だけであった。お風呂にはいるために、階下の浴室へ行ったのだ。

昼間のうちにうつらうつらしてしまうと、夜はどうしても睡魔と仲よしになれなかった。睡眠薬の力まで借りて、眠ろうとは思わない。わたしはベッドのうえにすわって、窓の外をぼんやり眺めている。

何も、見えなかった。

わたしの寝室は、道路に面している。ガラス戸の外に、小さなベランダがある。そのベランダの下は、もうわが家の塀だった。右に寄ったところに、わが家の門がある。門と塀の外にあるのは当然、道路であった。

ガラス戸の向こうに広がる視界には、見飽きたように月並みな住宅街の緑と屋根が入りまじっている。眼下の道路にしても、自動車の往来は禁じられていて、人間だけがやたらに早い足どりで通りすぎていく、という何の変哲もない住宅地の道であった。

夜も遅くなると、具体的な景色は見られない視界だった。

大半が闇に塗りつぶされて、その中に人家の屋根の線とか、樹木の輪郭とかだけが浮かび上がっている。あとは他人さまの家の窓の明かりと、寝ぼけたような街灯が、夜更けの闇に力なく逆らっている。

しかし、その夜景にはなっていない夜景が、わたしはとても気に入っていた。何も見えないから、想像力や情感をあれこれと刺激されるのかもしれない。視覚だけに頼るテレビ人間の生活から脱出したわたしは、本来の頭脳を取り戻し、想像力や情感も回復したのではないだろうか。

わたしは、その夜景になぜか懐かしさを覚えた。

むかしを、思い出す。

そこに、この世というものを感ずるのだ。他人さまの家の窓の明かりや、思い出したように聞こえて来て足早に去っていくコツコツという靴音に、生きている人々の生活を知ることになる。

近いうちに、見たくても見られなくなるこの世の夜景に、ひときわ愛着を覚えるのだった。およそわたしらしくもなく、感傷的になったりする。それは見馴れても、見飽きない夜景であった。

退院して三日目の夜。

時間は、十二時をすぎていた。わたしはもう二時間近くも、闇の世界に見入っていたことになる。静かであった。十一時半を回った頃に聞いたのを最後に、靴音も途絶えていた。

その靴音を三十分後に、再び耳にしたということになる。それも、ひとりではなかった。

っている。

二人分の靴音が、反対方向から近づいてくるのだった。靴音の重さも、歩幅もまったく違っている。


コツ、コツ、コツ。

スッスッスッ。

という靴音の違いだと、わたしには聞き取れた。

とたんに、人声がした。あたりが静まり返っているので、わたしの寝室の中まで届いたのだが、男女いずれの声というところまでは判別がつかなかった。要するに、人の声がしたのである。

「う、ううん」

今度は、うなるような声がした。

わたしは、さすがに気になった。わたしはベッドから降り立つと、ガラス戸に近づいた。ガラスに、顔を押しつけるようにした。ベランダの柵の向こうに、道路が見えた。路上で、黒い影がもつれ合っている。

一方が激しく動き、もう片方は上体を折っているように、感じで判断できた。すぐに、影は二つに割れた。一方が何かを投げ捨てて、ドスンという音が響いた。もう片方は、路上に転倒した。

残念ながら、暗い道であった。左右の街灯の位置まで距離があるし、道路の向こう側のお屋敷の庭にモッコクの大木が並んでいて、あらゆる光りを遮《さえぎ》っている。おまけに、わが家の門灯まで役立たずであった。

わが家の見越しの松が、道路にかぶさるように枝を広げている。それが、門灯の光線を遮断《しゃだん》しているのだった。丁度《ちょうど》そのあたりの路上は、トンネルの中のように暗く、星明かりさえも拒まれているのである。

次の瞬間、わたしは愕然となっていた。

一方の影が、わが家の門へ駆け寄ったからだった。わたしはそこで初めて、一方の影がわが家の人間であることに気づいたのだ。それまでは、わが家に関係ある騒ぎだとは、思ってもいなかった。

対岸の火事。

外国での出来事。

そんなつもりで、わたしは傍観していたのであった。だが、わたしの眼前で騒動を起こした当事者の一方は、わが家の人間だったのである。何かを用いて相手を撲《なぐ》り倒し、そのまま逃げ去ろうとしている人間が、同じ屋根の下に住むわたしの家族――。

路上に横転した影は、まったく動こうとしない。気を失っているのか、それとも死んでいるのか。わたしのカンでは、死亡したということになる。はっきり見定めたわけではないが、何か石のようなもので頭を十回ぐらい、めった打ちにしたみたいだった。

当然、死んだものと思われる。

殺してしまったので、慌てて逃げ出したのだろう。

行きずりの殺人者が、逃げ場を失ってわが家の門内に身を隠そうとしているのではないか。そう思ったわたしは、深い考えもなく咄嗟《とっさ》にガラス戸をあけていた。ネグリジェ一枚の姿で、わたしはベランダへ出た。

影は丁度《ちょうど》、門の扉の掛《か》け金《がね》をはずしたところだった。鉄柵の門に錠はなく、常に掛け金がかかっているだけである。だから、通りすがりの赤の他人だろうと、門の扉だけならあけることができる。

でも、玄関のドアは、そうはいかない。

夜の十時には、必ず内側から施錠《せじょう》されることになっている。この時間に玄関のドアをあけるとなると、それこそわが家の人間でなければできることではなかった。わが家の人間ならそれぞれ、玄関のドアの合鍵を持っているからだった。

影は立ちどまった。

頭上でガラス戸があく音がして、白いネグリジェを着たわたしがベランダに姿を現わしたのだ。当然、影はわたしを見上げて、その姿を確認したはずである。けれども、わたしのほうからは、黒い影としか見えなかったのだ。闇の松の枝が、うまい具合にカムフラージュしていた。

影は玄関のドアへ突っ走り、その姿は一瞬にして消えた。玄関の前あたりは、わたしの位置からだと死角にはいってしまう。わたしはもう目に頼らずに、耳に全神経を集めていた。

カチャカチャッと、鍵をあける音が聞こえた。

ドアをそっと開閉する音がして、あとは海底にいるような静寂——。

家の中へ、はいったのである。やはり、わが家の人間だった。間違いなく、家族のひとりなのだ。そいつがこれから、真っ直ぐここへやってくるのではないかと思ったが、そうした気配はなかった。

わたしは、部屋の中へ戻った。

もう家の中は、寝静まっている。誰もが、ぐっすり眠っている。人殺しは、気づかれることもなく自分のベッドにもぐり込めるのであった。個人的な行動に干渉したがらないのが、わが家の伝統である。

それに、この洋風の家の各部屋は、完全な個室になっている。しかも、父、義母、妹、従弟、その愛人、お手伝いはひとりずつの部屋を寝室にしている。夫とわたしも、いまは寝室を別にしているのだった。

わたしは、どうすべきか迷った。しかし、結局は何もせずに、朝を迎えたのである。人殺しが家族の中にいるとなると、やたらに騒ぎ立てるわけにはいかないのだ。様子を見るほかはなかった。

それに、わたしは間もなく死ぬ人間なのであり、この世の常識や義務に従う必要はないという気持ちもあった。所詮は、違う世界の出来事なのではないか。何がどうなろうと、知ったことではなかった。

路上の影は、二度と動かなかった。それが男の死体であることを、わたしは夜が明けるとともに確認した。

2

朝になって俄然、窓の外が騒がしくなった。死体が、発見されたからである。パトカーがくる、野次馬が押しかける、所轄署の刑事が駆けつける、警視庁の捜査陣が出動すると、まるで戦場のような騒ぎであった。

わたしは、ベッドのうえにいて、外を見ようともしなかった。わが家を何度も、刑事が訪れた。聞き込みというのだろう。何かを見なかったか、耳にしなかったか、変わったことはなかったかと、尋ねるのである。

それに対する答えは、すべてノーであった。病人が目撃していたとは夢にも思わないだろうし、警察もわたしには遠慮があるのだろう。病人がいる二階の部屋に、刑事はついに姿を見せなかった。

もともと刑事たちは、わが家の人間を疑っているわけではなかった。たまたま殺人現場の至近距離にわが家があるということで、聞き込みに来ているのだった。

すっかり落ちぶれはしたが、この日下部《くさかべ》家の主人はかつて地方銀行の頭取だった男である。いまでも土地と屋敷だけは残っているし、まだ社会的な地位も名誉も漠然と認められている家なのだ。

そう簡単に、路上での殺人事件と結びつくはずはない。被害者にしても、得体《えたい》の知れない男であった。指紋から身もとが割れて、静岡県生まれ鈴木神吾、四十五歳とわかった。無職で住所不定である。

前科六犯の内容は窃盗、傷害、詐欺、それに恐喝《きょうかつ》と脅迫だった。これでは、殺しの動機にしても絞《しぼ》りようがない。悪い仲間に殺されたのか、消されるような何かが背景にあったのか。

いずれにしても、善良な市民との接点は薄れるのであった。

死因は撲殺、ひどく酔っていて鈍器で頭をめった打ちにされ、あっさり死んでしまったのである。凶器は、路上に投げ捨ててあった。砂利がまざっているアスファルトのカケラで、赤ン坊の頭ぐらいの大きさだった。

半月ほど前に、舗装のやり直しの道路工事があった。そのときの残骸《ざんがい》である。粉砕したアスファルトの断片が、道端などにいくつか転がっている。犯人は咄嗟《とっさ》に、それを拾い上げて凶器に使ったのだろう。

新聞の記事になったのは、ただの一度だけであった。

警察の連日の捜査というのも、殺人現場付近では見られなかった。世間は、あっという間に忘れる。そういう事件だったのである。もう日下部家には、無関係であった。密告者がいない限り、警察は日下部家と事件を結びつけたりはしないだろう。

犯人は、ホッとした。

同時に、目撃者の存在が恐ろしくなった。このままでいれば、いつ喋《しゃべ》られるかわからない。警察に密告しないまでも、家人に打ち明けるということがある。わたしの口を封じない限り、安心できないはずだった。

昨夜——。

ドアの下から、妙なものが差し込まれているのを、わたしは見つけた。それは、新聞の広告の一部を、破ったものだった。最近の映画の広告であり、そこには部分的な宣伝文句だけが載っていた。

沈黙は金！

目撃者の勇気は、密告に命を賭けた！

だが、人々はそれを無意味な死と、冷ややかに背を向ける！

わたしは、思わずニヤリとした。犯人からの脅迫状であり、余計なことを口にしたら殺すという警告であった。この瞬間に、わたしは楽しいゲームを思いついていたのである。近いうちに、死ぬわたし。そのわたしを殺してしまう間抜けな殺人者の顔を、とっくりと眺めてみたい。

いったい、殺人者は誰なのか。

わたしを殺せる家族のひとりとは、いったい誰なのか。

そして無意味な殺人とわかって、心の底からつくづくと後悔をする。

それが、わたしのこの世への置きみやげ……。

今朝、最初にわたしの寝室を訪れたのは、妹の英子であった。英子は二十二歳、わたしによく似ている。でも、わたしよりずっと若くて健康で、それに明るくて美人である。いまは、しあわせの絶頂にいるはずだった。

英子は今年、大学を卒業した。

現在は、花嫁修業中。

来年の春には、結婚することになっている。

結婚の相手は、大村財閥の御曹司《おんぞうし》である。将来の大村財閥の後継者の妻であり、やがては財界のファースト・レディと言われる英子だった。おかげをもちまして、日下部家の将来も万々歳だろう。

「どうかしら、具合は……」

「まあまあよ」

「よかったわ」

「出かけるの」

「午後からよ」

「デートね」

「お買物よ」

「でも、大村さんと一緒でしょ」

「ええ、夜はパーティなの。だから、ロング・ドレスを持参で、出かけなくてはならないの」

「素敵じゃないの」

「そんなことないわ。彼だって義理でパーティに顔を出すんだし、わたしはまたその彼に付き合うんですもの」

「連日なのね、昼間は買物にお食事、夜はパーティ。あなたもすっかり、上流階級のレディだわ」

「華やかだけど、退屈だわ。それでいて、神経を使うので疲れるでしょ」

「だけど、日本にもちゃんと社交界というものがあったのね」

「自由のない世界だわ」

「ずいぶん、弱気なのね。未来の大村財閥の女主人、財界のファースト・レディでしょ。しっかりなさい」

「わたし、お姉さんみたいに頭の回転が早くないから……」

「英子ちゃんには、大村さんがついているじゃないの」

「彼は確かに、わたしのことを愛してくれている。でも、彼の勢力や発言権が、絶対ってわけじゃないんですものね」

「そりゃあまだ、大村財閥の後継者になっていないからでしょ。いまのところは当然、ご両親のほうが主導権を握っていらっしゃるでしょうよ」

「特に彼のお母さまのほうが、厳しくて怖いくらいなの。ひとつには、わたしのことが気に入っていらっしゃらないからよ。やっぱりお見合いで、お嫁さんを決めたかったんでしょうね」

「ご長男が勝手に、英子ちゃんを選んだということで、お母さまはおもしろくないのね」

「そうなの。だから何かあったら、婚約解消に持ち込もうって、お母さまは思っていらっしゃるんじゃないかしら」

「まさか……。うちのお父さんだってかつては銀行の頭取で、財界にだって顔が広いんですからね。その娘のあなたと正式に婚約したんだから、世間に通用しないようなことは大村財閥夫人だろうとできないはずよ」

「でも、世間が納得するような理由があれば、婚約解消へ持ち込めるでしょ」

「たとえば、どんなことかしら」

「そうね、わたしの家族から犯罪者が出たとか……」

「うん、それだったら大義名分が、立つでしょうね。普通の家だって、婚約を解消するかもしれないわ」

「とにかく、怖いのよ。わたしが、お母さまの前でコンコンと咳をしたの。そうしたら、すぐにお母さまが大学病院を紹介するから、診察を受けていらっしゃいっておっしゃるのよ」

「それで、どうしたの」

「風邪を引いているんだって言っても、耳を貸して下さらないの。結核だったらどうするんです、大村家の血統は健康そのものなんですからって、真面目な顔でおっしゃるんですものね」

「英子ちゃん、病院で診察を受けたの」

「レントゲン撮影までして、風邪だという診断書をもらって来たわ」

「愉快ねえ」

「愉快なんかじゃないわよ」

「まあ、苦労はいまのうちよ。しっかり、おやりなさい」

「お姉さん、何か欲しいものないかしら。あれば、買って来ますけど」

「そうだなあ、おいしいワインを飲みたいわ」

「あら、ワインなんか飲んじゃいけないんでしょ」

「少しだったら、いいって言われたの。それに英子ちゃんだから、内緒で頼めるんじゃないの」

「素行不良の病人ね」

「いってらっしゃい」

「じゃあ……」

妹の英子は、やや不安そうな顔で部屋を出ていった。

次にわたしの寝室を訪れたのは、夫の周作であった。周作は出勤前に、わたしのところへ顔を出すことになっている。出勤前に妻の寝室へ、無気力な顔で挨拶にくる三十六歳の男であった。

周作は、平凡なサラリーマンである。勤め先は大手の商事会社だが、まあ出世には縁もなく欲もない周作である。目立たない職場にしろ課長のポストまでいけたのも、わたしの父の顔のおかげだった。

わたしと妹の二人姉妹なので、周作は日下部家の婿としてわたしと結婚した。恋愛結婚ではなく、周作もわたしも父のすすめに従ったのだ。夫として怒ったこともなければ、わたしを喜ばせたこともない。

夫婦のあいだに子どもができなくても、周作はそのことに触れようとさえしなかった。酒もタバコもやらない。もう二年近く寝室をともにしていないが、まるで感じないような顔をしている。

小心のくせに、徹底したエゴティストなのだ。エゴイスト、つまり利己主義者とは違う。自己中心主義者、エゴティストなのである。やさしそうに見えても、彼の心は冷えきっている。

わたしと別れようと考えるのが、人間として当たり前なのだ。しかし、わたしが離婚してもいいのよと話を持ち出すと、周作はとんでもないと首を振る。それでいて彼には、赤の他人に対するくらいの情さえもないのである。

「行ってくるよ」

「あら、もうそんな時間なの」

「いつもより、一時間早いんだ」

「この頃、夜も遅いんでしょ」

「うん」

「忙しいの」

「そうなんだ」

「どこか都心に、マンションでも借りたらどうかしら」

「どうしてだい」

「そのほうが、出勤にも帰りにも楽じゃないの」

「ここに、ちゃんと家があるんだから……」

「でも、ここへ帰って来ても、あなたには何もないじゃないの。ただ寝るだけに、帰ってくるだけでしょ」

「きみと、別居することになる」

「いまだって、別居しているのも同じだわ」

「そうかな」

「形式論じゃなくて、あなたはもっと生きることを楽しむべきだわ」

「いまさらマンションで、独身生活なんてできないよ」

「あら、女の人と一緒に、住めばいいじゃないの」

「女と……？」

「そういう彼女がひとりや二人いても、おかしくないわよ。これは嫌味とか皮肉とかのつもりではなく、わたしの素直な気持ちを言っているのよ」

「彼女だなんて……」

「いまの若い女性は、三十代の男性に惹かれるらしいわ。あなたの場合は、妻子がいないのも同じなんだから……」

「だったらまあ、せいぜい心がけることにしよう」

「わたし、応援するわ。ただ、悪い女にだけは、引っかからないようにして下さらないとね。弱味を握られたり、脅迫されたりすると大変でしょ」

「そんな心配は、いらないよ」

「英子ちゃんの結婚のこともあるし、騒ぎを起こしたくないの。脅迫されて、その相手の口を封じようとして殺してしまったなんてことになったら、もう取り返しがつきませんからね」

「まさか……」

周作は、声を上げて笑った。わたしは夫がケラケラと笑うのを、結婚以来初めて聞いたのだった。周作は笑いながら、逃げるようにわたしの寝室を出ていった。

3

義母の弓江が、姿を見せた。

弓江は、わたしの父が迎えた後妻である。父は現在、六十二歳であった。義母はまだ四十三だから、父とは十九も違うということになる。父と義母が結婚したのは、いまから十二年前であった。

わたしの実の母は、それより三年前に亡くなっている。実の母は十五年前に病死し、そのとき父はまだ四十七歳、わたしは十五歳、妹の英子は七歳だった。実の母は四十歳で、病気はガンであった。

それから三年後に父は五十歳で、三十一歳の義母と再婚したのである。義母の弓江は薄倖の美女という感じで、おとなしく内向的で影が薄かった。三十一まで独身でいたのも、その陰気さが原因だったのかもしれない。

義母は実の母になりきろうとして、ずいぶんと努力したようである。父との夫婦仲もよかったし、他人や親戚の人々の義母に対する評価もかなり高かった。義母が実母になることを拒んだのは、多分わたしひとりだけだったのだろう。

それはまあ、よくあることだったのだ。

実母が亡くなったときのわたしは十五歳、父と義母が再婚したときのわたしは十八歳、いずれも難しい年頃に乙女が頑《かたく》なになりやすいことを経験したのだ。以来わたしにとって、ずっと義母は義母のままであった。

そこへいくと、妹の英子はまるで違っていた。実の母が病死したとき英子は七つであって、いつまでも故人への記憶が薄れないという年ではなかった。英子は実の母のことを忘れた頃になって、十歳で新しい母親を迎えている。

英子のほうが素直に、義母の愛情に甘えられた。気持ちも簡単に融《と》け合って、母娘として日々接することができた。英子にとって義母は、ただひとりの母親となっていた。生みの親より、育ての親である。

それからの長い歴史もあって、弓江と英子は実の母娘になりきっていた。当人同士はもちろん、誰が見ようと本物の母娘だった。英子は義母と知りながら、ほんとうの母親だと思っている。

年の差も、それほど不自然ではない。弓江は四十三、英子は二十二だから、母娘であり得るわけである。わたしの場合は弓江と十三しか違わないので、どうしても母娘という気持ちになれなかった。

未だにわたしは弓江に対して、義母という意識を捨てきれずにいる。ついにわたしは死ぬまで、義母に馴染《なじ》めなかったということになるのだ。わたしにとって弓江は父の妻であり、あくまで赤の他人だったのである。

一度も、お母さんと呼んだことがなかった。あの人という言い方をしたし、面と向かっては『あなた』と呼んだ。悪意があったり、嫌悪を感じてのことではない。友だちみたいに、思えてしまうのだ。

だが、皮肉なことに大学病院の医師たちは、実の母親でなければ言えないことを、弓江に打ち明けたのであった。つまり医師たちは真っ先に、わたしの命が絶望的であることを弓江に通告したのだった。

それは病院の医師たちが、わたしと最も親密な関係にある家族として、弓江を選んだことになるのだ。病院へは顔を出さない父には真実を伝える機会がなかったし、夫の周作は不適格者として医師たちのほうで避けたのである。

わたしは二年前から、しばらく入院生活を送ったことがある。長い検査期間があって、悪性の胃潰瘍ということになり、二度にわたって切開手術が行われた。胃袋の二ヵ所を切り取ったと、わたしは聞かされていた。

そのときすでに、弓江はわたしがガンであることを、医師から告げられていたのだった。しかし、このまま治癒すれば問題はないという医師の忠告もあって、弓江は父にもそのことを打ち明けなかったのである。

わたしは、退院した。もちろん何も知らないわたしは、胃潰瘍だと信じきっていた。ところが、わたしは三ヵ月前に再び入院することになった。そのときの自覚症状によって、わたしにもガンではないかと察しがついた。

だが、肝臓が悪いということだった。事実アイソトープ室で、肝臓の写真を撮ったりした。わたしは実母も、ガンで死んでいることを念頭に置いていた。わたしは弓江の顔から、何かを読み取ろうと努めた。

今度は検査ばかりであった。そして、どこを切開するかもはっきり教えられずに、わたしは手術を受けた。そのうえ今月にはいってわたしが退院を希望すると、あっさりと許可された。

わたしがいくら質問しても、弓江は何も知らないの一点張りであった。珍しく父が、病院へ来た。わたしにはもう覚悟ができていたし、あまり楽しくもないこの世に未練もなかった。

わたしは病室を抜け出し、屋上へ散歩に向かったと見せかけて、父と弓江の密談を盗み聴きした。

「やっぱり、そうだったのか」

「実は二年前の手術も、胃ガンだったんです」

「わたしも、そんなような気がしていたんだが……」

「洋子さんも、気がついているみたいなんですけどね」

「しかし、あくまでも当人の耳には、入れないようにしなければならんな。これは、わたしとお前の二人だけの秘密ってことにしよう」

「周作さんにも、黙っているんですね」

「あの男は、気が弱いからね。洋子に責め立てられると、顔に出すか喋ってしまうかするだろう」

「わかりました。では、周作さんにも秘密にしておきましょうね」

「もちろん、英子にも黙っていることだ」

「はい」

「それで、洋子の命はそんなに短いのか」

「切開してみたけど、手に負えないということでした」

「そんなに、転移がひどいのか」

「胃と肝臓と、それから直腸にも……。それに再発となると、ガンは非常に足が早いそうで、もう半年どころか何ヵ月もないだろうということです」

わたしは、驚かなかった。生きている張りというものが、ないせいだろうか。あるいはもう、生きる気力が起こらないような身体の状態になっているのかもしれない。わたしは、誰も愛せない。今日までずっと、自分を嫌いながら生きて来た。

死んだほうがいい。

そのとき、わたしはフフフッと笑いそうになったくらいだった。わたしは間もなく、退院してわが家へ帰って来た。病院で死ぬのは惨《みじ》めだし、生きている家族たちにもう少し意地悪をしてみたかったのである。

弓江はいまもなお、わたしと笑顔で接している。わたしが何も知らずにいると、思っているのだろうか。だが、弓江の相手をしているのは、退屈であった。それは、誰がわたしを殺そうとしているかというゲームに、弓江が参加していないからだった。

たとえ弓江が、鈴本神吾とかいう男を殺した犯人だとしても、彼女は目撃者であるわたしの口を封ずるために手を下すようなことはしないだろう。わたしが間もなく死ぬということを、弓江は誰よりもよく知っている。

弓江にとって、わたしは少しも恐ろしくない存在である。近いうちに死ぬとわかっている人間を、誰が殺すだろうか。殺すくらいならその前に、わたしをこの部屋に監禁するだろう。誰にも会わせず、電話もかけられないようにすれば、わたしはただの人形にすぎない。そして、弓江にはそうできるのであった。

父の伸にしても、同じである。父は弓江とともに、わたしが死ぬことを知っている人間なのだ。それに、どのような理由があろうと、父がみずからの手で娘のわたしを殺したりするはずはない。

また、父は鈴本神吾という男を、殺してはいない。日下部伸は内部の派閥抗争に嫌気がさして、銀行の頭取を辞任した。だが、それ以外にも高血圧に苦しむ、という健康上の理由があったのだ。

父はずっと家の中にいて、外出を避けている。わたしが入院しても、一度しか見舞いにこなかったくらいである。そうした父が夜遅く、外出先から帰るといったことは考えられない。

もし父が重い鈍器によって、鈴本神吾の頭をめった打ちにしたりすれば、父もまたその場に倒れたことだろう。高血圧のために外出も避けているような人間に、そのような重労働は可能ではないはずだった。

そして、もうひとり『そいつ』から除外すべき人間がいる。お手伝いであった。彼女だけが、玄関のドアの合鍵を持っていなかったのだ。玄関のドアの鍵をあけられない者は、鈴本神吾殺しの犯人にはなり得ない。

犯人でなければ、わたしを殺す必要もない。わたしが間もなく死ぬことを知ってはいないが、お手伝いにはわたしを殺す動機がなかった。お手伝いも父や弓江と同様、ゲームに参加する資格はない。

三人を、消去しよう。残るは、四人だけであった。

夫の周作。

妹の英子。

従弟の林秀一郎。

その愛人の大庭ナギサ。

この四人の中に、『そいつ』がいるのである。

「どうかしら、気分は……」

部屋を訪れた弓江が、相変わらずの笑顔で言った。

「いいわけないでしょ」

わたしは、逆らってやろうという気になっていた。番外篇の弓江を相手にしていても退屈だから、少しからかってやろうとわたしは思い立ったのである。

「あら、どうしてかな。病人は一日ずつ、気分がよくなっていくものよ」

「わたしが一日ずつ、快方に向かうんですって！」

「だって、そうでしょ。洋子さんは、退院したんですからね」

「よくもまあ、しゃあしゃあと見えすいたことを……」

「それ、どういう意味なの」

「あなたは、わたしのことを子どもだと思っていらっしゃるの」

「わたしは、母親ですものね」

「わたしだって、三十なんですからね。もしかすると、あなたよりも海千山千ってことになるかもしれないわ」

「洋子さん、いったい何が言いたいの」

「わたしの病気が快方に向かったとしたら、それは奇跡だって言っているのよ」

「奇跡ねえ」

「身体中に転移したガンが治るところまで、まだ医学は進歩していないんですからね」

「ガン……？」

「ええ」

「誰が、ガンなの」

「わたしじゃないの」

「まあ……」

「何が、まあなのよ」

「あなたが、ガンにかかっているなんて、わたし……」

「初耳だとでも言いたいの」

「そのとおりだわ」

「あなたのおとぼけぶりには、わたしのほうが感心したくなるわ」

「誰がそんなことを、言ったんですか」

「知らないんですか」

「知りませんよ」

「そこまで、強情を張るんなら、もう結構です。明日からわたし、手紙を書いたり電話をかけたりするわ」

「誰にです」

「みんなによ。わたしが知っているすべての人間たちにだわ」

「そんなに大勢の人たちに、いったい何を知らせるのかしらね」

「わたしがガンで、間もなく死ぬってことを知らせるんです」

「まあ、おもしろいことを……」

「おもしろいですって」

「洋子さんって、とても奇抜なことを考えつくのね」

「大勢の人たちから、問い合わせが来ますよ。見舞いにくる人だって……」

「そうでしょうね」

「わたし、ほんとうに明日から、電話をかけたり手紙を書いたりするわ」

「そりゃあもう、好きなようになさいな」

「父だってあなただって、大勢の人からの問い合わせには、事実を答えなければならなくなるんですよ」

「ええ、お答えしますよ。あなたは退屈している病人だから、いろいろと悪戯《いたずら》も思いつくでしょうってね」

「悪戯……」

「それから、当人はガンじゃないかと疑っているらしいけど、慢性肝炎という病名ですって、みなさんにはお答えするわ」

「嘘つき」

「それより洋子さん、お食事を召し上がらなければいけないわよ」

そう言いながら、弓江は部屋のドアへ向かった。

その後ろ姿を見送りながら、わたしは思わず苦笑してしまった。弓江のしぶとさと、口の堅いのに、あきれたという感じだったのである。

何とかして弓江にガンだということを認めさせようと、退屈しのぎに考えついたわたしの企みも、まったく通用しなかった。弓江はおそらく、死んでもわたしの病気については、ほんとうのことを言わないつもりなのだろう。

4

夜になって、従弟の林秀一郎がひょっこり、わたしの寝室へやって来た。

林秀一郎は、わたしの母の兄の子どもである。年はわたしよりひとつだけ下で、二十九歳だった。わたしとは幼馴染《おさななじ》みで、小学生の頃に大人になったら結婚しようなどと、約束したほどの仲よしであった。

林秀一郎は、未だに独身である。

職業は、俳優と言うべきだろうか。映画会社に所属していたのが、最近ではテレビのドラマに顔を出すようになった。もちろん脇役であり、ほとんど時代劇に出演している。台詞《せりふ》が五つか六つあって、いつも色男の役であった。

京都に住んでいるが、東京で仕事があるときは必ず日下部家の居候《いそうろう》になる。今度も十日ほど前に、東京へ出て来たらしい。東京で撮影する昼間の帯ドラマに、かなりの役で出演することになったのだという。

そのために半月間、日下部家に居候をすることになったのだ。毎日の撮影なので、朝から夜まで日下部家にはいなかった。まだ林秀一郎とわたしは、落ち着いて話し込んでもいなかった。

その林秀一郎が珍しく、夜になってわたしの部屋をのぞいたのだった。秀一郎はピンク色の顔をして、目をキラキラさせていた。どうやら、アルコールがはいっているようである。

美男子には違いないが、軽薄で安っぽい男になっていた。俳優としての生活で、悪いところばかりを吸収してしまった。およそ誠実さに欠けていて、中身が空っぽで無責任というタイプの芸能人に、なりきっているのだった。

「もう、帰って来ていたの」

「今日は、夕方に撮影が終わってね」

「それにしては、帰りが遅いじゃないの」

「ああ、一杯やって来たからさ」

「この家で、飲めばいいのに……」

「だって、相手がいないじゃないか」

「あら、立派なお相手がいるじゃないの」

「誰だい」

「お連れさんよ」

「ああ、あの彼女か」

「あの彼女かは、ないでしょう」

「あの彼女は、いけませんよ」

「どうしてなの」

「何となく、薄気味が悪いんだよ。得体の知れない女だし、いつも陰気に黙り込んでいるんだ」

「薄気味悪いとか、得体の知れない女だとか、男ってひどいことを言うのね」

「ひどいことって、ぼくはただ事実を言っているだけなんだよ」

「自分の彼女なんでしょ」

「彼女……？」

「愛人でも、いいわよ」

「ぼくの愛人って意味かい」

「当たり前じゃないの」

「よしてくれ」

「あら、何も照れ臭がることなんて、ないじゃないの」

「冗談じゃないよ」

「あなたも、変な人ねえ」

「こう見えても、モテるんだぜ。女の子には、不自由していないよ」

「じゃあ、あなた……」

「彼女とか愛人とか、とんでもない誤解だぜ」

「あなた、本気で言っているの」

「本気さ」

「だったら、あの人とはどういう関係なの」

「彼女、三十三だってよ」

「そのくらいでしょうね、人妻に見えるもの」

「若い女の子に不自由していないぼくが、どうして四つも年上の人妻を愛人にしなければならないんだ」

「そんなこと、知るもんですか」

「彼女は大庭ナギサって名乗っているけど、それが本名であるかどうかもぼくは知らないんだぜ」

「だって、あなたはここへ来たときから、あの彼女と一緒だったんでしょ」

わたしは話を、妹の英子から聞かされていたのだった。

その英子の話によると、林秀一郎は十日前に女を連れて日下部家を訪れたのだという。林秀一郎は日下部家の人間たちに、大庭ナギサだと女を紹介し、半月ほど一緒に置いてやってくれと頼んだ。

そう頼まれたほうは当然、秀一郎の恋人だと解釈する。年上の人妻みたいな感じだし、あるいは愛人というべきだろうかと思う者もいた。東京まで一緒に連れて来たのは、恋の逃避行に違いないと、父などは決め込んでいたらしい。

とにかく半月間ほどついでに置いてやるだけであり、秀一郎の頼みとあれば断わるわけにもいかない。そのまま二人に注文どおり、二部屋を提供したのであった。大庭ナギサという女は部屋に引きこもったきりで、秀一郎の帰りを待ち受けている。

そのような話だったのである。

「そういう色っぽい関係なら、どうして部屋を二つも用意してもらうんだ」

「それは、この家の人間に対する遠慮だと、みんな思っていたようよ」

「だったら、ホテルに泊まるよ」

「もちろん夜になったら、ひとつの部屋だけを使うんだろうって、みんなは察しをつけていたわ」

「ぼくをそこまで、純情な男だと思っていたのかねえ」

「すると、あの人っていったい何者なの」

「ぼくにも、よくわからないんだよ」

「どこで、知り合ったの」

「東京へ来た日に、東京駅で声をかけられてさ」

「それだけのことだったの」

「うん」

「いいかげんねえ、まったく……」

「いきなり、声をかけて来たんだけど、ぼくのことをよく知っているんだよ」

「そりゃあ世の中には、あなたのファンだっているでしょうよ」

「いや、事実ぼくのことを知っているんだ。それから、京都でさんざお世話になった人の名前を出して来たんだよ」

「誰なのよ」

「名前は言いたくないけど、映画会社の宣伝部にいた人なんだ。一年ほど前にトラブルがあって会社をやめて、それっきり消えちゃった人なんだけどね。彼女はその人と、東京で一緒だったというんだよ。そして、いまはその人からの連絡を待っているところなんだけど、無一文になってしまって行くところもない、一週間ほどでいいから、身を寄せられる場所があったら口をきいて欲しいって、泣きつかれちゃったんだよ」

「厚かましい人も、いるもんなのね」

「よほど、困っていたんだろうな」

「それで、あなたはそれをあっさり引き受けたってわけね」

「仕方がないだろう。むかしの恩人の名前を出されちゃあ……」

「でも、おかしいわね」

「何がだい」

「その人からの連絡を待っているっていうけど、ここにいて一日中お部屋に引きこもっているいる限り、連絡のつけようがないじゃないの」

「うん。それで、ぼくもそのことについて彼女に、どうするつもりか訊いてみたんだよ。ぼくも東京での撮影がすみ次第、すぐに京都へ帰らなければならない。そうなったら、あなたもここにはいられないってね。そうしたらその晩、彼女は慌てて出かけたよ。何か対策を、考えているんだろう」

「夜になって、彼女が出かけたの」

「うん」

「それ、いつのことかしら」

「いつだったっけな。三日前、いや四日前だったかな」

「家の前の道で、人が殺されたでしょ」

「うん」

「その晩だったんじゃないの」

「そう、そうだ。人が殺されたあの晩だったよ」

「そのとき、あなたは家にいたの」

「一杯やって、早い時間に眠っちゃったときだ」

「じゃあ、あなたも彼女がいつ帰ってきたのか、知らなかったのね」

「気がつかなかったな」

「そうなると、彼女はどうやって家の中へはいったのかしら。遅く帰って来たとしたら、玄関のドアもあかなかったでしょうしね」

「遅く帰って起こしたりしては迷惑になるから、合鍵を貸してくれって言われてね。ぼくが預っている玄関のドアの合鍵を、彼女に貸してやったんだ」

「そう」

「さっき、彼女の部屋をのぞいてみたんだ。そうしたら彼女、明日にはお暇《いとま》しますって言ったよ」

「ここを、出て行くという意味ね」

「そうだろう」

「彼女ひとりで、出て行くのね」

「そうさ。ぼくはまだ、あと四、五日はこの家にいさせてもらうからね」

「そういうわけだったの」

わたしは、吐息していた。

話がうまく、できすぎている。まるで大庭ナギサが例の殺人事件の犯人だと、わたしが思い込むように説明をしているみたいだった。秀一郎は、わたしがそのように思い込むことを、期待しているのだ。

いや、わたしにそう思い込ませようとして、秀一郎はふらりとこの部屋へやって来たのに違いない。

わたしは、秀一郎のことを疑っていた。

秀一郎には、二つの狙いがあった。

まず第一に、わたしが彼の話に乗るかどうかを、試すことである。わたしが目撃者として殺人者の姿を確認していれば、いまの秀一郎の話には乗らないだろう。殺人者は秀一郎だと確実に承知しているわたしが、犯人は大庭ナギサだと思わせるような話に乗るはずがない。

したがって、わたしが秀一郎の話に乗った場合には、彼は安全ということになる。わたしは殺人者を完全に目撃していない、ということになるからだった。そうとわかったら、殺人者は大庭ナギサだと、わたしに思い込ませることである。

それが、第二の狙いなのだ。

大庭ナギサが殺人者だと、わたしは思い込む。その大庭ナギサは、明日この家を出て行く。彼女がどこの何者であるかも、行く先もわからない。そのうえ、大庭ナギサが犯人だという確証もないのである。

わたしが大庭ナギサに、重大な関心を寄せることはないだろう。彼女を殺人者として告発することもないし、わたしはやがて目撃した事実を忘れようとする。その結果、真犯人である秀一郎は、永久に疑われることもないのだ。

そういう筋書なのに違いない。

でも、それではわたしにとって、おもしろくも何ともない。秀一郎が殺人者なら、彼を『そいつ』にしてやらなければならなかった。間もなく病死するわたしを殺すというゲームに、秀一郎を引っ張り込むのである。

「周作さん、今夜も遅いんだな」

秀一郎が言った。

「そうよ」

わたしは、秀一郎を『そいつ』にするための言葉を、頭の中で捜していた。

「夫婦仲が、うまくいってないんじゃないのかね」

「そうのようね」

「だったら、思いきって別れてしまえばいいんだ」

「わたしも、そう思っているのよ」

「洋子さんと周作さんとでは、うまくいきっこないよ」

「でも、彼と離婚したところで、仕方がないでしょ」

「ぼくと、結婚すればいいじゃないか」

「あなたと……？」

「子どもの頃の約束を、果たすことになるんだ」

「馬鹿みたい」

「ぼくは、真剣なんだぜ」

「そんなことより、新聞の広告の件についてもっと真剣になったらどうなの」

「新聞の広告……？」

「そう、映画の宣伝文句だわ」

「何のことやら、さっぱりわからない」

「あなたにわからないんだったら、大庭ナギサさんにそう言ってみることね」

「どうかしたんじゃないのか」

林秀一郎はそれから間もなく、怒ったような顔のままで部屋を出て行った。これで彼にも、通じたはずである。

さて、これでいよいよ、林秀一郎の出方を待つだけになった。

5

やはり夫や妹が、殺人者であろうはずはなかった。ましてや目撃者であるわたしを、夫や妹が殺すとは考えられなかった。これで家族たちは残らず消去されて、林秀一郎と大庭ナギサに的は絞られた。

そして、殺人者は林秀一郎だと決定した。思ったより簡単に、結論が出てしまった。そのことがものたりなかったが、別の意味でわたしには興味津々《しんしん》であった。秀一郎が『そいつ』になるなら、相手にとって不足はなかった。

秀一郎は、離婚したわたしと結婚すると言っていた。

まるっきり、口から出まかせというわけではない。それは、彼の本音でもあるのだ。わたしと結婚したいのは、事実だろう。だが、それだけではない。わたしを妻にすれば、殺人者である彼がますます安全になるという計算も働いているのであった。

まったく、滑稽な話である。

来月にも死ぬかもしれない女に、プロポーズしているのだった。このわたしの痩せ細った身体が、この異様に色の悪い肌が今後、元どおりに回復すると思っているのだろうか。秀一郎はわたしの病気を、慢性肝炎だと信じているのである。

つまり彼は、わたしが死ぬことを知らずにいる。そして、わたしを殺すことになる。あとで心底から後悔する『そいつ』は、林秀一郎であった。秀一郎こそこのゲームに、最も相応《ふさわ》しい男ではないだろうか。

十二時になった。

ドアをノックする音が、そっと聞こえた。もう秀一郎が『そいつ』となって、早々に訪れたのだろうか。わたしはある種の期待をこめて、ドアに視線を突き刺した。部屋の明かりは、ベッド・ランプだけにしてあった。

「どうぞ」

わたしは応じた。

ドアがあいて、人影が部屋の中へ滑り込んで来た。薄暗くなっているドアの前に、人影はたたずんだ。

わたしの期待は、あっさりと裏切られた。

女だったのである。暗い感じのする酒場の女を、絵に描いたようだった。華やかな美貌が、いまはすっかり疲れきっている。暗い感じのする酒場の女を、絵に描いたようだった。脅えるようにオドオドしているという印象が、大庭ナギサを陰気に見せているのである。

「こんな時間に、お邪魔して申し訳ありません」

「何のご用かしら」

「あのう……」

「どうぞ、遠慮なくおっしゃって」

「お願いがあって、参りました」

「お願い……?」

「はい、一生のお願いです。林さんから、若奥さまのご伝言をお聞きしました。それで決心をして、お邪魔に上がったんです」

「わたしからの伝言って、どういうことかしら」

「新聞の広告、映画の宣伝文句について、真剣に考えろということです」

「え……」

「何もかも、お察しのとおりなんです。鈴本神吾を殺したのも、ちぎった新聞の広告をこのお部屋に入れたのも、わたしなんです。若奥さまは何もかも承知していらして、今日まで警察に黙っていて下さいましたね。そのことだけでも感謝しなければいけないのに、わたしは脅迫するような新聞広告をお部屋に入れたりして、ほんとうに申し訳ないと思っています。そのうえ今夜は、もっと真剣に考えるべきだとご忠告まで頂いて、わたしは目の覚める思いで決心することができました」

「どう決心したの」

「自首します。わたしは明日、お暇《いとま》したその足で自首するつもりです。もちろん警察へ名乗って出てからも、こちらのご家族や林さんに迷惑が及ぶようなことは口にしません。林さんにお願いして、こちらにご厄介《やっかい》になっていたというようなことは、死んでも言いませんからその点はご安心下さい。お宅さまがかかわり合いになったら大変ですから、いっさい日下部さんや林さんのお名前は出しません」

「そう」

「わたしはアテもなく歩き回っていて、この前の路上で鈴本神吾につかまり、争って殺すという結果になってしまった。そのあと鈍行の列車を乗り継いで、東京と九州のあいだを逃げるつもりで往復したけど、無一文になったので観念して自首をしたっていうことにします」

「そうね。結婚を目前にした妹もいることだし、そのようにしてもらわないと困るわ。是

「その代わりにというのは何なんですけど、わたしからのお願いも聞いて頂けるでしょうか」

非、お願いするわね」

「どんなことかしら」

「わたし、警察で正当防衛を主張するつもりなんです。それで若奥さまが目撃なさったことは、いっさい黙っていて頂きたいんですけど……」

「もちろん、かかわり合いになりたくないから、わたしだっていまになって目撃者を名乗り出たりはしないわ。あなたとの取引には、文句なしに応じます」

「ありがとうございます」

「でも、あなたとあの男は、どういう関係だったのかしら。どうしてあの男を、殺さなければならなかったの」

「鈴本はずっと、わたしのヒモだったんです。骨までしゃぶられていたわたしは、好きな人ができたこともあって、鈴本のもとから逃げ出しました。好きな人というのは映画会社の宣伝マンだったんですけど、わたしは彼を頼って京都へ逃げたんです。でも、しつこくわたしを捜し求める鈴本に見つかって、京都にもいられなくなりました。鈴本から脅迫を受けたこともあって、彼は映画会社をやめてわたしと一緒に逃げてくれました。だけど、鈴本は諦めずに……」

「どこへ逃げても、追いかけてくるってわけね」

「そうなんです。大阪、福岡、名古屋、そして東京と転々としましたけど、どこへいっても必ず鈴本に捜し出されてしまうんです。わたしたちは、心身ともに疲れ果てました。彼もそんな生活とわたしに愛想をつかしたらしく、どこか落ち着き先を見つけたら連絡するってメモを残して消えてしまったんです。わたしは動きがとれなくなって途方に暮れていたとき、東京駅で林さんをお見かけして、もう無我夢中でおすがりしたんです」

「でも、この家に身を隠したけど、結局は捜し出されたってことなんでしょ」

「わたしが東京駅で林さんに泣きついているところを、あの男は見ていたんですね。それで林さんの線から、こちらのお宅を探り出して毎日、張り込んでいたらしいんです。その網にあの晩、わたしは引っかかってしまって……」

「あなたはあの男を、問答無用で殺してしまったのね」

「鈴本の顔を見て、我慢できなくなりました。ただもう憎い、殺してやりたい、こいつさえいなければって、わたしは逆上してしまったんです」

「話は、よくわかったわ」

「じゃあ……」

「お互いに、約束は守りましょうね」

「必ず、そうします」

「もう二度と、会わずにおきましょう」

「はい」

「さようなら」

「おやすみなさい」

影絵のような大庭ナギサの姿がドアの外へ消えたあと、わたしはしばらくぼんやりと考え込んでいた。期待を裏切られたどころか、何もかもわたしの見当違いだったのだ。妙なかたちでそれもあっさりと、事件そのものが解決してしまったのである。

ゲームは、開始されない。いやゲームの存在が、そっくり立ち消えになったのであった。もはや、わたしの命を狙う者などいないのだ。近いうちに病死するわたしを殺して、痛烈に悔いる人間はいなくなったのである。

何が悪魔的なゲームだ、ニヒリスティックな悪戯だ、このうえなく愚かな行為に走る人間はひとりもいないのだ。『そいつ』が、出現することもない。いちばん愚かな道化師は、このわたしだったのかもしれない。

滑稽だった。空《むな》しかった。そして、何となくホッとさせられていた。わたしにしてみれば、生きる張り合いを失ったということにはならない。わたしは死に甲斐を、殺される張り合いを、失ったのであった。

すべてが、馬鹿らしくなった。わたしは、眠ることにした。電気を消すと、拍子抜けした気分が眠気を誘った。わたしは夢の中で、失恋するつもりでいた女には恋人すらいなかったという話を、聞かされていたような気がする。

ふと、わたしは息苦しさと冷たい感触に、目を覚ましていた。闇の中に、誰かがいた。その誰かが忙《せわ》しく、ある作業を進めている。わたしの首に、ロープを巻きつけているのだった。どうやら、洗濯物を干すのに使うビニールのロープのようであった。

わたしは、面喰らっていた。

『そいつ』が、出現したのである。

そんなはずはなかった。これは夢の続きだろうと、わたしは思った。しかし、もうわたしの意識ははっきりしているし、実際に起きている出来事に違いなかった。

やはり、わたしを殺そうとする『そいつ』なのである。いったい、誰なのか。いきなり理由もなくゲームを始めたのは、誰なのだろうか。わたしの死を知らずして殺そうとする間抜けた『そいつ』の顔を、どうしても見てやりたかった。

わたしは、ベッド・ランプのスイッチを押した。一瞬にして目の前が明るくなり、そこにはゴム手袋をはめた人間の顔が浮かび上がった。

「あっ……！」

わたしは、叫ばずにいられなかった。わたしの予想は、またしても狂ったのであった。

わたしを殺そうとしている人間の思いも寄らない正体を、見せつけられなければならなかったのである。

「わたしがすぐにでも、ガンで死ぬということを充分に知っていながら、どうしてこんな真似をするのよ」

わたしは怒鳴ったつもりだが、首をしめられているために大きな声にならなかった。

「あなたが間もなくガンで死ぬからこそ、あなたを殺さなければならないのよ」

義母の弓江が、表情のない顔で言った。

弓江の言葉の意味が、わたしにはよくわからなかった。

「あなたが死んでも、病名は肝硬変ということで通す予定になっていたのよ。あなたがガンで死んだことは秘密にするって、お父さまとわたしのあいだで打ち合わせがすんでいたわ。それをあなたは手紙や電話で、ガンで死ぬということをすべての知り合いに、報告するんだって言ったわね。そんなことをされたら、あなたはガンで死んだんだって、知れ渡ってしまうでしょ。そうはさせたくないから、わたしは急遽あなたを殺そうと決心したのよ」

「どうして、そんな……」

「見えるかしら。ベランダから地面へ、ロープを垂らしてあるわ。ガラス戸も、少しあけてある。あなたはベッドのうえで絞殺され、あなたの預金通帳と宝石類は消えてなくなるのよ。あなたは、自殺したんじゃない。外部から侵入した犯人に、あなたは殺されたことになるわ。あなたは、強盗殺人事件の被害者なの。日下部家の不名誉になるどころか、どなたからも同情されるでしょうね」

「教えてよ、ガンで死ぬことをどうして秘密にしなければならなかったの」

「あなたの実のお母さんも、そしてあなたもガンで死んだ。そうなると、あの大村財閥の夫人は神経質な受け取り方をするに決まっているわ。ガン体質だ、日下部家の人間はガンにかかりやすい。英子も、その血を受け継いでいる。英子が生む子どもも、そういうことになるんじゃないか。大村財閥夫人はそのように騒ぎ立てたあげく、それを理由に婚約解消へ持っていこうとするかもしれないわ」

「だったら、英子の結婚のために……」

「もちろん、お父さまやわたしの将来のためにってこともあるわ」

「あなたは英子のために、わたしを殺すわけね」

「わたしと英子ちゃんは、実の母娘になりきっているでしょ。でも、あなたとは最後まで、赤の他人だったわね」

「そういうことだったのか」

　わたしは、一種のエクスタシーを感じていた。

　知らないことの愚かさに対して、知っているための恐ろしさもあるのだった。わたしはいま、知る知らないのゲームの終わりを迎えている。ゲームに勝ったのは、いったいわたしだったのだろうか。それとも、わたしのほうがゲームに負けたのだろうか。
そう思いながら、わたしは死のエクスタシーが、強まるのを感じ取っていた。

（「小説現代」１９７９年5月号）

愛する人へ
——不在証明と殺人

1

窓辺に近づいて、カーテンの端に隙間を作った。

外を覗く。名古屋駅と、その西口の広場が見えた。いちばん手前が、新幹線のホームであった。朝である。西口広場には、忙しい動きが見られた。通勤の男女が駅を目ざし、また駅から吐き出されて来る。

無数の車が、オモチャのように走り回っていた。交差点で列を作り、信号が変わると一斉《いっせい》に走り出す。カーブするときの流れが、可愛らしくて面白かった。いずれにしても、溌剌《はつらつ》としていた。

人も車も、そうである。健康的な朝を迎えて、今日一日の生活が始まったのだ。彼らは自由であり、平和な一日を過す権利を持っている。十分に休養をとった人々の、明るい朝の動きに、陰湿なものはまったく感じられなかった。

まるで別世界だと、千加子は思う。窓外に見おろす人々とは、あらゆる意味で対照的であった。このホテルの十五階にあるツインの部屋は、まだ夜中みたいに暗かった。それでいて、ロマンティックな夜のムードには縁がない。

朝を迎えた歓楽街の路地のように、残骸という感じであった。ルーム・サービスを頼んだ食事の容器や、ビール瓶、コップなどがそのままにしてある。空気が濁っているのか、湿っぽく淀んでいる。

二月の朝の青空を見て、自分には自由も平和もないのだと改めて思う。千加子は、カーテンを閉じた。窓辺を離れて、アーム・チェアにすわる。どうしてこんな時間に、名古屋駅前のホテルにいるのだろうか。

千加子は、東京の中野区鷺宮《さぎのみや》にある小ぢんまりした家に、いなければならないのだった。リビング・キッチンで、夫や子どもたちの朝食の世話を焼いているはずである。賑《にぎ》やかな朝食が、終わろうとしている頃だった。

間もなく、夫の桂木哲也が出勤する。次が長女のミドリで、小学校へ登校するのを送り出す。最後が長男の竜介で、すぐ近くの幼稚園へ出かけて行く。千加子の朝とは、そんなものであった。

しかし、いまは名古屋駅前のホテルで、同じ朝を迎えたのだ。夫も子どもたちも、近くにはいなかった。室内には、ひとりの男がいる。桂木千加子は、ベッドに目を走らせた。ツインのベッドの一方は、ベッド・カバーに被われたままだった。

片方のベッドだけが乱れていて、そこには全裸の男が仰臥《ぎょうが》している。男は、生きていなかった。死後、六時間はたっているだろうか。同じ全裸でも白く変色していて、人形のように見える。

午前一時すぎだったと思う。千加子が、殺したのである。ビール瓶で男の頭を何回か撲《なぐ》り、ぐったりとなったところを浴衣《ゆかた》のヒモで締め殺したのだった。いまは恐怖感もなく、不思議なものを見ているような気がする。

ベッドの上の男は、戸畑次郎ということになっている。年齢は三十歳、独身だという。すべて自称であって、事実かどうかわからない。事実であろうとなかろうと、千加子には関心のないことだった。

この男と顔を合わせるのは、これで五回目であった。三ヵ月間に五回会って、千加子はすでに六十万円の現金を男に渡している。そして五回目には、殺し殺されるという形で破局を迎えたのである。

過去が、懐かしい。東京の鷺宮の家が、町全体が、幼稚園が、小学校が、夫と子どもたちの顔が懐かしくなった。失ってしまうもの、という気持があるせいだろうか。千加子は、孤独であった。

平凡だが、平和な家庭だった。どちらかと言えば、恵まれているほうだろう。家族揃って、健康だった。喧嘩や争いがなく、仲のいい親子、夫婦、姉弟であった。明るいことが、自慢の家庭だったような気がする。

夫の哲也は、堅実な男であった。大手の企業に勤めているが、将来は重役になるといった目立つ存在には程遠かった。だが、無能ではない、堅実なので、冷遇されることもないのである。

哲也は、三十八歳であった。まあ課長どまりだろうと、欲のないことを言っている。酒や勝負事が嫌いで、音楽と釣りを趣味としていた。子煩悩《こぼんのう》で愛妻家で、犬も可愛がるやさしい男だった。

長女のミドリは、八つであった。美少女である。将来は歌手になると、ひとりできめ込んでいる。オシャマで陽気で、やさしい娘だった。学校でも人望があって、敵がいないということであった。

長男の竜介は、五つである。悪戯《いたずら》が好きで、ぼんやりしていると何をされるかわからない。愛嬌があって、無邪気《むじゃき》だった。恥ずかしそうな顔で笑いかけられた大人は、必ず竜介の頭を撫でるのであった。

二年前に、鷺宮に念願の家を建てた。まだローンが殆《ほとん》ど残っているが、そのために生活が苦しくなるということはない。何一つ不服はないと言えば嘘になるが、不満はない毎日であった。

そうした日々に暗い影が射したのは、去年の十一月の半ばである。戸畑次郎が、出現したのだ。以来、千加子ひとりだけが秘密に悩み、明るさを失うようになった。夫や子どもには知られまいと努めたが、それでも少しは表に出てしまうらしい。

「元気がないな」

「工合《ぐあい》でも、悪いんじゃないのかい」

今年にはいってから、何度か哲也にそう言われていた。一週間ほど前には、子どもたちにその点を指摘された。千加子は夫や子どもたちを前にして、弁明に努めなければならなかった。

「このところ、頭痛や肩凝りがひどくなっているだけのことよ」

千加子は、夫に言った。

「病院へ、行ってみたらどうだ」

哲也は、心配そうな顔つきであった。

「そんな、大袈裟《おおげさ》な……。女の厄年《やくどし》ですからね。何となく、変調を来たす時期なんでしょう」

千加子は笑った。

「そうか。間もなく、誕生日だね」

「あと六日で、三十三歳になるわ。誕生日に、雪が降らないかな」

「六日後は、二月十七日だな。雪が降っても、おかしくない頃なんだけどね」

「そうね」

千加子は胸のうちで戸畑次郎の存在を呪いながら、顔では雪を期待するように笑っていた。

「どうして、誕生日に雪が降るといいの？」

ミドリが訊《き》いた。

「お母さんの場合はね、誕生日に雪が降るとその年にきっといいことがあるのよ。だからなの」

千加子は、そう答えた。

「これまで、必ずそうだったの？」

「そうよ。まず、お母さんは雪の降る日に、生まれたでしょ」

「それから……？」

「小学校六年のとき、重い病気にかかってね。死ぬかもしれないって言われながら、誕生日を迎えたのよ。その誕生日に、雪が降ったの。そうしたら、みるみるうちに病気がよくなって、一ヵ月後には退院することができたわ」

「凄いわね」

「それから二十一回目の誕生日にも雪が降って、その年にお母さんはお父さんと知り合ったのよ」

「本当……」

「二十三回目の誕生日にも雪が降って、その年にお父さんとお母さんは結婚したの」

「それから……?」

「その翌年の誕生日にも雪が降って、あなたが生まれたでしょ」

「わたしが生まれたときも、そうだったの?」

「竜介君が生まれた年だって、お母さんの誕生日に雪が降ったのよ」

「不思議ねえ」

「不思議でしょう」

「そのあとは……?」

「そのあとは、一度も降ってないのよ」

「ツイてないのね」

「そうねえ」

「北国に、引っ越したらいいのに。そうしたら毎年、お母さんの誕生日に雪が降るんじゃないの」

ミドリが真面目な顔で、そんなことを言った。哲也が、それは名案だと大笑いした。千加子も、演技ではなく笑った。

　そして昨日が二月十七日、千加子の三十三回目の誕生日だったのである。本来ならば東京の家で、ささやかな誕生パーティが開かれるはずであった。だが、昨日の夕方、千加子は新幹線で名古屋へ向かったのだった。

　名古屋に一泊する。夫に対して、そのための口実が必要であった。千加子は、姉夫婦を利用することにした。姉夫婦は二日前から、一週間の旅行に出かけている。千加子は姉から、暇があったら覗いてみてくれと頼まれ、マンションの部屋の鍵を渡されていたのである。

　子どもがなくてマンション住まいをしている姉夫婦の旅行は、毎度のことであった。その度に、マンションの部屋の鍵を渡される。この世でたったひとりの肉親であり、姉にはいろいろと世話になっている。

　それで千加子は必ず、一晩だけマンションの部屋に泊り、義理を果たしているのであった。家族全員で泊りに行くわけにはいかないので、どうしても千加子ひとりだけで出向くことになる。

　姉への義理を果たすためであり、一泊だけなのだから、哲也もいやな顔をすることはなかった。もちろん千加子が口実に使っているのではないかと、疑ったり怪しんだりするような哲也ではなかった。

余程のことがない限り、哲也はマンションへ電話をかけて来たりもしない。電話魔の反対で、哲也は電話をかけるのを億劫《おっくう》がるほうなのである。その点も、心配することはなかった。

「早いところ義理を果たして、さっぱりしたいのよ。誕生パーティは一日延期して、今日マンションのほうへ泊りに行くわ」

昨日の朝、千加子は哲也にそう言ったのである。

「だったら、そうすれば……」

哲也はあっさりと、千加子の申し出を受け入れた。

前日の昼間、戸畑次郎から電話があったのだ。明日の夜、三十万円の現金を持って、名古屋へ来てくれというのである。それは連絡というより、絶対的な命令であった。明日は誕生日だからという千加子の哀願に、戸畑次郎は耳を貸そうともしなかった。

千加子は三十万円の現金を作ると、十八時発の〈ひかり一八一号〉に乗り込んだ。四谷三栄町にある姉夫婦のマンションへは、足も向けなかったのである。そのときの千加子にはまだ、自分が人殺しになるという予測はなかったのだ。

千加子は、立ち上がった。じっとしてはいられないほど、寂しくなっていたのだった。夫を愛している。二人のわが子を、愛しているのだ。夫や子どもたちの声を聞きたかったし、いまならまだ三人とも家にいると千加子は気がついた。

千加子は、テーブルの上の電話機に手を伸ばした。市外も、ダイヤル直通である。千加子はまず、0を回した。

2

電話には、ミドリが出た。テレビの音声と、ラックという犬が吠《ほ》えているのを、千加子は懐かしく耳にした。ミドリがお母さんよと言い、それに応ずる哲也と竜介の声が重なって聞えた。

「おはよう」

感情の昂《たか》ぶりを押さえて、千加子は言った。

「ねえ、お母さん。昨夜《ゆうべ》、何時に寝たの？」

ミドリがいきなり、そんな質問をした。

「そうねえ。ひとりきりでつまらないから、早く寝ちゃったわ」

ギクリとしながら、千加子は答えた。

「早くって、何時だったの」

「九時にはもう、寝たかしら」

「九時？」

「そうよ」

「じゃあ、気がつかなかったわね」

「何を……?」

「お母さん昨夜、雪が降ったのよ」

「本当……」

「降り出したのは、九時三十分頃だったわ。すぐ、やんじゃったけどね」

「だったら、見ればよかったわ」

「でも、お母さんが降っている雪を、見なくたって別に構わないんでしょ」

「そうよ。見なくたって要するに、お母さんの誕生日に雪が降ってくれれば、それでいいのよ」

「少し降っただけでも、いいんでしょ」

「そうね、雪の量には関係ないもの」

「じゃあ、素晴らしいじゃないの。お母さんの誕生日に、雪が降ったんだもの。今年はきっと、いいことがあるわね」

「誕生日に雪が降ったんだったら、もう絶対だわ」

「ちょっと待ってね」

そこでミドリの声が途切れて、誰かに送受器を渡す気配がした。

「もしもし……」

照れ臭そうに、竜介の声が呼びかけた。

「竜介君、午後にはお母さん、おうちへ帰りますからね」

千加子は、痛くなった鼻を押さえた。

「お母さん昨夜、雪が降ったんだよ」

竜介の声は、それだけ言ってすぐ引っ込んだ。

「というわけでね」

と、哲也の声が、聞えて来た。

「みんな、楽しそうね」

千加子は、羨《うらや》むような言い方をした。

「何しろ、お母さんの誕生日に雪が降ったというんでね」

「そう」

「まあ三十分ほどでやんでしまい、今朝はもう消えてしまった淡雪だったけどね」

「でも、雪が降ったことに、変わりはないでしょ」

「久しぶりに、張りのある一年になるんじゃないのか」

「そうね」

「今日は、帰るんだろう」

「もちろんよ、あなた何か不自由なことは……?」

「別に、ないみたいだ」

「竜介君のことは、お隣の奥さんにお願いしてありますからね」

「千加子……」

「え……?」

「愛しているよ」

哲也が、声を低めて言った。千加子は、申し訳ありませんと叫びたかった。子どもたちはもちろん哲也にしても、千加子が名古屋のホテルの部屋に全裸で死んでいる男と一緒にいるなどとは、夢にも思っていないのである。

そう考えただけで、胸が張り裂けそうになる。哲也も子どもたちも、千加子が同じ東京の四谷から電話をかけて来ているものと、信じきっているのだ。そうした善良な夫と子どもたちを裏切っている自分が、何よりもまず惨めに思えてならなかった。

「わたしも、心の底から愛しているわ。じゃあね」

それだけ言って、千加子は電話を切った。泣いていると、察しをつけられたくはなかったからである。千加子は絨毯《じゅうたん》の上にすわり込んで、声を上げて泣いた。これほど愛し愛されているということを、強く感じたのは初めてであった。

それにしても、皮肉なものである。昨夜、東京では雪が降ったという。小雪であろうと淡雪だろうと、それは千加子の誕生日に降った雪だったのだ。三十三歳になっての一年間を祝福し、千加子にとっては吉兆となる雪であった。

だが、その一年間の第二日目に、千加子は人を殺しているのである。吉とは正反対の、凶であった。誕生日に雪が降ると素晴らしい一年になるというのも、やはり偶然の符合だったらしい。

戸畑次郎——。

その悪魔は別荘地のセールスマンとして、鷺宮の桂木家を訪れたのであった。昨年の十一月の半ばのある日、午前十時のことだった。玄関で千加子は、そんなものを買える身分ではないと断わった。

だが、そのとき戸畑次郎はすでに、千加子がひとりきりであることを察していたらしい。戸畑はいきなり、家の中へ上がり込んで来た。千加子は慌てて逃げたが、駆け込んだのは二階の寝室だったのだ。

戸畑は床に、千加子を押し倒した。夢中で抵抗したが、戸畑は力任せに千加子のスカートを引き裂いた。ブラウスのボタンが、ちぎれて飛んだ。その上、左右の頬を続けざまに張られると、千加子は恐怖感が先に立って動けなくなった。

パンティを剝《は》ぎ取られ、一方的な愛撫を受け、身体の上で運動が続き、男が離れるまでの間、千加子は人形のようになっていた。

「これは、和姦だぜ。二階の寝室へ、おれを招き入れたんだからな」

戸畑はそう言って、立ち上がりながらニヤリとした。

二度目は、十一月の末であった。戸畑が十万円の現金を用意して来いと、電話をかけて来たのである。千加子は十万円を持って、指定された新宿の連れ込みホテルへ出向いて行った。

戸畑は十万円を受け取ってから、一時間ほど千加子の身体で楽しんだ。三回目は十二月初旬、四回目は一月の下旬《し》に連絡があった。いずれも現金で十万円を要求され、指定のラブ・ホテルで肉体関係を強いられた。

戸畑という男は、こうしたことを専門にしているようだった。名前、住所、職業、年齢とすべてが出鱈目《でたらめ》らしい。別荘地のセールスも、人妻ひとりだけの家を訪れるための口実にすぎないのである。千加子と同様に、金と肉体を提供する人妻を常に五人は確保していると、戸畑は嘯《うそぶ》いていた。

五回目が、今度の名古屋行きであった。名古屋まで来いと無理な注文をつけた上に、要求する金額も三十万円ということだった。結婚してから十年間のヘソクリが、それでもう消えてしまうことになるのである。

夜の九時一分に名古屋につき、千加子は指定された駅前のホテルの一五三〇号室を訪れた。戸畑は、部屋でビールを飲んでいた。彼は三十万円を受け取ると、すぐに千加子をベッドへ引き倒した。

　それが終わったあと、戸畑はルーム・サービスの食事を注文しようと言い出した。しかし、千加子に食欲があるはずもなく、彼女は首を横に振った。結局、戸畑だけが食事とビールを頼んだ。

「これで、最後にして下さい」

　千加子は、戸畑に向かって両手を合わせた。

「いや、あと半年は付き合ってもらうよ。あんた、いい身体をしているしな」

　戸畑は、笑いながら言った。

「もう、自由になるお金がないんです」

「亭主を胡魔化《ごまか》して、何とかすればいいじゃないか」

「無理です」

「借金しても、いいんじゃないかね」

「そんなこと、できません」

「甘いな。何なら、おれが亭主に会ってもいいんだぜ」

「やめて下さい」

「不貞を働いたという汚名のもとに、あんたは亭主や子どもを失うことになる。それがいやだったら、おれの言うことを聞くしかないね」

「わたしに、死ねって言うんですか」

「まあ、先のことなんか考えるなよ。今夜はたっぷり、楽しんだほうがいい。一緒に泊るのは、初めてじゃないか」

戸畑は全裸になって、千加子をベッドの上に押し倒した。だが、もう男の意のままには、なりたくなかった。千加子は酔っている戸畑を脇へ転がすと同時に、ビール瓶を振り上げていた。

戸畑の頭が、ゴッゴッと音を立てた。ビール瓶も割れなかったし、血が飛び散ることもなかった。ただ、戸畑がぐったりと、動かなくなっただけであった。千加子は浴衣《ゆかた》のヒモを戸畑の首に巻くと、十分以上も引き絞ったままでいた。

そのあとは、放心状態だった。ふと気がついて、カーテンの隙間から覗いてみると、眼下に早朝の名古屋駅が見えたのである。千加子にとっては、一睡もしていないという自覚さえなく、迎えた朝だったのだ。

3

逃げようと思い立ったのは、午前九時をすぎてからであった。戸畑のような男と、心中したくはなかった。それに、自分がここへ来たことを知る者はひとりもいないと、気がついたのである。

ホテルの従業員も、まったく知らないはずだった。戸畑は一五三〇号室と、部屋まで指定して来た。だから千加子はフロントにも寄らないで、一五三〇号室へ直行したのであった。

ホテルのロビーにはまだ大勢の人がいたし、千加子の姿に気をとめる者もいなかった。ルーム・サービスのボーイにも、千加子は見られていない。戸畑が注文した食事は、一人前だったのだ。

ホテルを出て行くときも、誰かに気づかれる心配はない。指紋だけを、残さないようにすればいい。千加子がここにいたことを知る者は、この世に戸畑しかいなかった。その戸畑も、死んでいるのである。

夫や子どもたちも、千加子は四谷三栄町のマンションに泊ったものと思い込んでいる。千加子も、その気でいればいいのだ。ひとりだけでいたのだから、アリバイは成立しない。しかし、だからと言って四谷のマンションにいたということを、否定される材料もないのである。

千加子は室内の、自分が触れたと思われる部分を、残らずタオルで拭いて回った。ビール瓶とか、水を飲んだコップとかの指紋も拭き取った。忘れ物はないか、何度も点検した。

三十万円の現金が、ベッドの脇にあった。だが、それを取り戻そう、という気はなかった。その金は、戸畑を記憶から消すことの妨げになる。死んだ戸畑への香典だと、千加子は思った。

千加子は、ホテルを出た。名古屋発十時十九分の、〈ひかり一六二号〉に乗ることができた。東京には、十二時二十分についた。千加子は、四谷三栄町のマンションへ向かった。姉夫婦の部屋にはいって、異常のないことを確かめた。配達されている新聞や郵便物を整理してから、千加子は部屋を出た。廊下で会った主婦らしい女に、千加子は挨拶した。ここへ泊りに来て、二度ほど顔を合わせたことのある主婦だった。

マンションの前で、千加子はタクシーを拾った。中野区の鷺宮の自宅まで、タクシーを走らせた。家につくと、名古屋のホテルでの出来事が嘘のように思えた。あれは夢だったのではないかと、千加子は胸のうちで何度も呟いた。

いずれにせよ、もうこの世に戸畑次郎は存在していない。鬱陶《うっとう》しい曇り空が、晴れ渡った青空に一変したような気分であった。これで元の生活へ戻ることができると、千加子はしみじみと解放感を味わっていた。

「急に、元気になったみたいだな」

「誕生日の雪が、効力を発揮したのよ」

千加子は哲也と、そんな言葉を交わしたほどだった。

翌日の午後、二人の刑事が訪れた。所轄署の者だが、名古屋での殺人事件で協力を依頼され、尋ねたいことがあって来たと、年輩の刑事のほうが説明した。千加子は緊張してはならないと、自分に言い聞かせた。

「奥さん、戸畑次郎という男を、ご存じですかね」

年輩の刑事が、質問を始めた。

「さあ……」

千加子は、考え込んで見せた。

「名古屋のホテルで、この戸畑次郎という男が殺されましてね」

「はあ」

「ところが、この男の手帳に五人の女性の名前が書き込んでありましてな。そのうちのひとりが、奥さんなんですよ」

「わたしがですか」

「そうなんです」

「たまたま、同じ名前の女の人がいて、ということじゃないんですか」

「いや、だったらこうして、お宅へ伺うこともできなかったでしょうよ。つまり、名前だけではなくて、住所と電話番号が一緒に書き込んであったんですよ」

「それが、ここの住所なんですか」

「電話番号も、お宅のと一致しています。それで、桂木千加子とあるんですからな」

「でも、戸畑さんなんて知り合いは、おりませんよ」

「よく、考えてみて下さい」

刑事は、苦笑した。

これで、どうして戸畑の死と千加子が結びついたのか、その理由がはっきりした。戸畑の手帳に、千加子の名前と住所、それに電話番号まで記入されていたとなると、知らないで通すのはかえっておかしいのではないか。怪しまれる恐れがあると、千加子は判断していた。

「思い出しましたわ」

千加子は、膝を叩いた。

「それで……?」

刑事が、乗り出して来た。

「別荘地を買えと言って来たセールスマンが確か、戸畑次郎とある名刺をくれたような気がするんですけどね」

「別荘地のセールスマンですか」

「間違いないと思います」

「それは、いつのことでしょうな」

「去年の十一月じゃないでしょうか。きっとこのご近所も軒並み回っているでしょうから、調べて頂けばはっきりすると思います」

「なるほどね」

「まだ、ほかに何か……」

「これは念のために、お尋ねするんですがね。一昨日《おととい》から昨日《きのう》にかけて、奥さんはお出かけになったそうですな」

「一昨日、つまり二月十七日はわたしの誕生日なんですの」

「ほう。それで、その誕生日にどこへ行かれたんです」

「姉に留守番を頼まれて、四谷三栄町のマンションへ行きました」

「そうですか」

「素敵な晩でしたわ。わたし、誕生日に雪が降ると、とてもいいことがあるんです。ところが、あの晩には待望の雪が降ったでしょ。九時半頃から三十分ほど降っただけの淡雪だったけど、わたしはマンションのベランダに出て、うっとりと雪を眺めていました」

千加子はそこで、口を噤《つぐ》んでいた。二人の刑事の鋭い目と、厳しい表情に気づいたからであった。

「奥さんは一昨日の夜、東京にはいなかったようですな。名古屋へ、行っていたんじゃないんですか。誰かに妙なことを吹き込まれたようですが、二月十七日の夜から東京地方は快晴になりましてね。雪が降るはずはないでしょう」

年輩の刑事が言った。

その妙なことを千加子に吹き込んだのは、愛する夫と二人の子どもだったのである。夫と二人の子どもが、千加子に嘘をついたのであった。しかし、それもまた愛する妻、愛する母のためを思っての嘘だったのだ。

近頃、元気のない妻、母を励まして、気持の支えにもなるようにと、誕生日に雪が降ったという作り話を、夫と子どもが三人がかりで千加子に聞かせたのに違いない。ミドリがまず千加子の九時という就寝時間を確かめた上で、九時半から雪が降り出したと言ったのも作り話の前提条件だったのである。

「署まで、来てもらいましょうか」

と、刑事の声を千加子は、遠くに聞いていた。

（「小説現代」１９７６年４月号）

盗癖
——動機と殺人

1

わたしは彼のことを、『学者さん』と呼ぶ。

彼はわたしのことを、『低能さん』と呼ぶ。

わたしは『低能さん』と呼ばれることに、抵抗感を覚えない。確かにわたしは低能だという自覚があるし、ニック・ネームの意味など真面目に受け取る必要はないという一種の素直さが、わたしにはあるからだろう。

それに、オヤジがオフクロに常日ごろ言っていたことが、幼い時分からわたしの耳にこびりついている。

「利口ぶった女ほど、嫌みなものはない。低能で素直な女、つまりお前みたいのがいちばん可愛いんだぞ」

そういうオヤジも、あまり頭がいいほうではない。

つまり、わたしはオヤジとオフロク譲りの低能ぶりと素直さを、二十歳《はたち》になる今日まで持続しているというわけである。

ところが、彼のほうは『学者さん』と呼ばれることが楽しくないらしい。最近はもうニック・ネームということで割り切っているようだが、初めのころは憮然《ぶぜん》たる面持ちによって抗議したものだった。

「ニック・ネームとはいえ、根拠がないはずはないんだ」

「それは、そうね。わたしは低能だから〝低能〟というニック・ネームで呼ばれているんだものね」

「そのとおりだ。だから、ぼくのことを〝学者さん〟と呼ぶことにも、それなりの根拠がなければならない」

「根拠はあるわよ」

「どんな根拠だ」

「何でも、よく知っているもの。博学で教養があって、いいかげんな教育が嫌いで、ちょっぴり理屈っぽいでしょ。それで、わたしには〝学者さん〟というイメージなのよ」

「ぼくが博学で、教養がある人間だというのかい」

「そうよ」

「冗談じゃないぜ」

「でも、あなたは何だって、よく知っているじゃないの」

「それは、常識というものだ。四十歳の人間だったら、誰もが承知している常識というものを、ぼくも弁《わきま》えているのにすぎない」

「そうかな」

「単なる常識を、特別な知識みたいに受け取るのは、きみが非常識すぎるからなんだろうな」

「どうせ……」

わたしが知識を得るとしたら、その源はテレビとマンガと、それにファッション雑誌に限られるだろう。

女子大生とは名ばかりで、だいたい教室といった場所などへ、顔を出したこともないのである。

わたしが籍を置いている大学は、まだ十年たらずの歴史しかない私立の女子大なのだ。いまのままでは、あと五十年たとうが、伝統も校風も確立される見込みなしという女子大であった。

学生の八十パーセントは、寄付金を要求されるだけ納入すれば入学が認められる。刑事罰の対象にならない限り、学生の百パーセントが卒業できるのである。

換言すれば、学生の八十パーセントがわたしの同類ということになる。

残りの二十パーセントが、勤勉に教室へ出入りして、講義とやらを受けるのであった。

わたしの同類たちは、レジャーランドとしての大学に顔を出すだけで、何よりも拘束されることを嫌うのである。

テレビとマンガとファッション雑誌だけでは、なるほど読むものがひとつもない。すべて、見て忘れてしまうものばかりだから、知識にならないのは当然のことなのだ。

そこへいくと、彼は何事も正確に記憶している。

厳しいくらいである。

彼は四十だから、社会人になってもう二十年近くになる。それでいて、小学校から大学までのあいだに仕入れた知識を、よくぞ忘れないものだと、わたしはいつも感心させられる。

彼はそれを、常識だという。

だが、わたしにはとても、常識ということでは片付けられないのだ。

いつだったか――。

わたしは故郷の旧友に、珍しく手紙を書いた。

手紙といっても、ハガキに十行ぐらいの文面だった。その中の一行に、わたしは『小悪的なマナザシ』と書いたのだが、それをたまたま彼に見られてしまったのである。

「小悪的なマナザシとは、どういうことなんだ」

彼はたちまち、険《けわ》しい顔つきになって言った。

「人の心を引きつけるような目つき、という意味じゃないの」

クラシックな表現を用いたことに酔っていたわたしは、大威張りでそのような説明を試みた。

「低能！」

「何よ」

「それをいうならコワク的だ」

「コワク……？」

「これじゃあ、コアク的になってしまうだろう」

「コワク的って、どういう字を書くのよ」

「コは虫を三つ書いてその下に皿、ワクは惑うという字だ」

「へえ、そうなの」

「それに大学生なら、片仮名でマナザシなんて書くなよ」

「どう書くの」

「メガネの眼鏡《がんきょう》のガンに、水差しの差しを書いて眼差しだ」

「恐れ入りました」

口先だけではなく、わたしはほんとうに恐れ入ったのだ。

これだけのことを、ポンポンッと教えられる彼の知識というものが、小気味よくさえ感じられたのである。

彼はあくまで常識だと言い張るけど、『蠱惑の蠱の字は虫を三つ書いてその下に皿』だと、咄嗟《とっさ》に説明できる日本人は、そう大勢はいないいんじゃないのかな。

また、あるとき——。

テレビを見ていて、わたしが思わず吹き出したことがある。画面に強飯《こわめし》が映り、アナウンサーが『この地方のコワイイは……』と解説を始めたからだった。

「何よ、アナウンサーのくせに字も読めないいんじゃないの。コワメシのことを、コワイイだってよ。馬鹿じゃないかしら」

わたしはなぜか得意になって、怒鳴るような声でわめき立てた。

すると、彼は侮蔑するような目で、わたしのほうを見た。

「アナウンサーは、決して間違ってはいないよ」

彼は言った。

「え……！」

わたしは、ギクリとなった。

「強飯と書いて、コワイイとも読む。コワイイは、コワメシの雅語的表現なんだ」

「雅語的表現……？」

「つまり俗語の反対で、価値の高い言葉による表現とでもいうかな。口頭語としてはあまり使わないけど、詩歌や古文などには用いられる言葉なんだよ。アナウンサーはそういう雰囲気を出すために、わざわざコワイイと表現したんだろう」

「そうなの」

シュンとなりながらも、わたしは彼のことを尊敬しないではいられなかった。

雅語的表現なんて、誰にでも言えることではない。常識どころか立派な教養だと、わたしは信じて疑わなかった。

わたしのような低能には、もったいないくらいな彼だと、事あるごとに思い知らされる。

わたしは彼のような男と、愛人関係にあることを、誇りにしたくなるくらいだった。

本来ならば、彼のことを『重役さん』というニック・ネームで呼ぶべきかもしれない。

彼は四十歳にして、ある会社の常務取締役というポストを、得ているからであった。

しかし、彼のように知識と教養に満ちあふれた男だからこそ、四十歳という若さで重役にもなれたのだろう。そう考えると『重役さん』や『常務さん』よりは、やっぱり『学者さん』のほうが適している。

低能さん。

学者さん。

そう呼び合いながら、彼とわたしは結構うまくいっていた。愛し合っているというほど深刻な男女の仲ではないし、お金によって結ばれている関係でもない。

彼にはもちろん奥さんがいるけど、わたしはまだ嫉妬というものを感じたことがない。彼はわたしが住んでいるマンションの部屋に、週に一泊するだけだが、わたしにもボーイ・フレンドがいる手前、それ以上のことは望まなかった。

これで、わたしに弱みともいうべき秘密さえなければ、彼との関係は無事平穏にこれから先、数年は続くはずであった。

わたしの弱み——。

この重大な秘密を知っているのは、故郷にいるオヤジたち肉親と、それに地元警察や被害を受けた人々だけなのだ。

それは、わたしの盗癖なのである。高校二年のころから始まったわたしの盗癖は、いまもなお続いているのであった。

2

わたしのオヤジは、県会議員である。

郷里では名家、資産家、旧家、素封家などと呼ばれている家柄で、オヤジは地元の有力者ということで通っていた。

オフクロは、県庁所在地の元市長の従妹であり、わたしの姉は現市長の弟と結婚している。

わたしの兄も県会議員の一期をお勤め中で、将来は国会議員に打って出るという夢に燃えている。

そうした一家の末娘に盗癖があるということが世間に知れ渡ったら、それこそいっさいがご破算になる。

親類縁者の名誉を傷つけ、肉親たちの将来を台なしにして、一家の破滅ということにもなるだろう。

それで、高校二年になったときからのわたしに盗癖が生じたことを知って、両親も兄と姉も顔色を失ったのである。

わたしが盗癖を発揮するのは月に二度、生理の前後と限られている。万引といったことではなく、お金は不自由はしていないのに現金を盗みたくなるのだ。

それも、他人さまの家に忍び込んで、たとえば二万円入りの財布があれば、そのうちの一万円だけを頂いてくるという盗癖なのであった。

こうなると盗癖といった可愛らしいものではなく、家宅侵入に加えての窃盗と言われても仕方がない。

それだけにオヤジたちは、わたしの盗癖を頭痛のタネに、苦悩することにもなったのである。

高校時代にわたしは、未遂十四件を含めて二十件の窃盗を働いた。

しかし、わたしの犯罪はただの一件も、公表されずにすんだ。病気だということで被害者たちは納得し、オヤジが被害金額の三倍を返済すると約束したので、誰もが秘密を厳守してくれたのである。

地元の警察も、オヤジに協力した。

だが、いつまでも秘密厳守と協力を、お願いするというわけにはいかなかった。今後のことを考えて、何とか対策を講じなければならない。

専門医の診断によると、成熟過程にある娘に生じた一時的な現象だという。

一人前の女になれば、盗癖は自然に消滅する。それまでは生活環境を一変させて、ストレスの解消に努めればよかろうということだった。

わたしは絶好のチャンスとばかり、東京で学生生活を送りたいと希望した。

大都会での華やかな生活が、自分の人格さえも変えてくれるに違いないと、半分は本気で考えていたのだった。

邪魔者で危険人物でもあるわたしを、遠く東京へ追い払おうという気持ちもあったのだろうが、兄と姉が強い調子で賛成したので、オヤジもその気になった。

高校を中の下という成績でしか卒業できそうになかったわたしは、寄付金だけで合格する東京の私立の女子大学に入学した。

それからの一年間、わたしの盗癖は不思議と起こらなかった。

一年後に彼と知り合い、愛人関係を持続するようになった。わたしは彼とのセックスに夢中になって、盗癖といったことを思い出しもしなかった。

ところが、半年がすぎて――つまり、いまから半年前、彼によってエクスタシーなるものを教えられて間もなく、わたしの病癖は再発したのである。

今度は生理に無関係であり、わたしの盗癖はセックスの歓喜を期待するときの興奮に、支配されるようになったのだ。

彼はいつも、夜の十一時すぎにわたしの部屋を訪れる。宴会のあとの二次会、三次会が終わって、彼は初めて行動の自由を許されるからであった。

彼はほとんど、アルコールをやらない。体質的に受け付けないのだそうだが、それでいて彼は社用による交際を一任されている。宴会専門の常務だと、彼は自嘲的に言うのだった。

それで彼は毎晩のように、接待役を引き受けることになり、その帰りでないとわたしの部屋にも寄れないのである。

だが、彼は必ず料亭やバーから、今夜行くぞという連絡の電話をくれる。そうなると、わたしの血は異常に沸き立ってくる。興奮のために、息苦しくなるくらいなのだ。

今夜は、あの自分が自分でなくなる悦楽の中で、狂態を演ずることになる。間もなく、気を失わんばかりのエクスタシーに溺れて、夢のような数時間を過ごすのだ。

そのように想像しただけで、わたしは居ても立ってもいられなくなる。そのままでいると、全裸になって外へ飛び出したりするのではないか、という不安に駆られるほどであった。

そんなときに、わたしは盗みへの誘惑に勝てなくなるのである。盗みを働くことが鎮静剤になり、またそのあとの彼とのセックスのときに盗みのスリルを思い出すと、何倍も強烈な絶頂感を得られるのだった。

それでも、盗みは恐ろしい。

もし逮捕されたら、郷里のように被害者も警察も、目をつぶってはくれないだろう。もう未成年でもないし、実名で報道されることになる。

一家の破滅は間違いないうえに、わたしも生きる道を失うことになるのだからと、必死になって自制する。

でも、自制できるのは三回のうち二回が限度であり、一回はどうしても誘惑に負けてしまう。

わたしは平均して、一ヵ月に一度は盗みを働くようになった。わたしが住んでいるあたりはマンション街であり、アパートも少なくない。

夜遅くなっても帰宅しない人の住まいであって、窓に施錠をしてないという部屋はいくらでもある。わたしは五、六分のスリルにすべてを賭けて、そうした部屋に侵入するのであった。

この半年間で六回の盗みを働き、四回は未遂に終わっている。一万円ぐらい盗まれてもそうと気づかない人がいるのか、盗難届は三件だけしか出されていないらしい。

「この近くのアパートやマンションで、三件の盗難事件があったんですが、ひとつ戸締まりを厳重にして下さい」

若い警官がわたしの部屋を訪れて、そう警告していったのである。

まずは安心だ、現行犯で逮捕されなければ大丈夫だろうと、わたしはみずからを慰めた。だが、それよりも恐ろしいのは、彼の目であった。彼が気づくのではないか、彼に見抜かれるのではないかと、わたしは不安でならなかった。

そのように戦々恐々としながら、わたしは彼に抱かれているのに、性感はますます上昇して狂乱を極めるのである。わたしは低能というだけではなく、変態性欲者でもあるのだろうか。

盗みの恐ろしさを夢の中で感じ取るせいなのか、わたしは彼に抱かれた晩、決まって汗をかいた。汗をかくだけならいいが、譫言《うわごと》を口走ったりはしないかと、また心配になるのだった。

彼の言動にも神経質になる一方で、ちょっとしたことにも敏感に反応してしまう。たとえば、彼が『盗み』といったことを口にしたりすると、わたしは顔色が変わるのを防ぐために、あわてて背を向けなければならないのである。

「今日、わたし昼寝しちゃったわ」

「盗人《ぬすっと》の昼寝か」

とたんに、わたしは心臓が口から飛び出しそうになるほど、愕然としないではいられない。

「それ、どういう意味よ」

わたしは顔をそむけながら、憤然となっていた。

「ことわざじゃないか」

彼は、平然としている。

「わたしの昼寝が、どうして盗人の昼寝になるの」

「盗人の昼寝ということわざの意味は、盗人は夜働きをしなければならないから、それに備えて昼寝をしておくってことだ」

「いくら低能さんでも、そんなことぐらいわかるわよ」

「正しくは〝盗人の昼寝もアテがある〟というんだが、それを省略して〝盗人の昼寝〟になったんだよ」

「わたしにも何かアテがあって、昼寝をしたんだと言いたいの」

「つまり何気ないふうを装っていて、実はちゃんとした目的をもっている、ということのたとえなんだ」

「だから、わたしの目的というのは……」

「ぼくと愛し合うために、昼寝して英気を養っておくってことなんだろう」

「あら、学者さんはそんなふうに、受け取ったのね」

「違うのかい」

「いいえ、そのとおりよ。さすがは学者さん、何もかもお見通しなのね。そう、盗人の昼寝って、何気なく装っていながら目的を持っているということのたとえなの」

わたしは彼にまた、新しい知識を与えられたと思いながら、ホッと溜息をついていた。だが、彼は意識的に盗人の昼寝ということを口にして、わたしの反応を試したのではないかと、ふと安心しきれないものを感じていたのである。

3

ついに、恐れていたとおりの事態となった。わたしの盗みの常習を、彼は知ってしまったのである。

彼はどうやら一ヵ月前から、そのことに気づいていたらしい。やはり彼が『盗人』とか『盗み』とかいう言葉を口にしたのは、わたしの心理的動揺を確認するためだったのだ。

先々週も彼は、盗人についての話を持ち出した。

「この悪女が最後の勝利を得たなって思うと、虫も殺さないような善女がそれを引っくり返す。その善女の足もとを、聖女みたいに清純な乙女がすくうことになるのよ」

わたしは愛読している連載マンガのストーリーについて、彼にそのような説明を聞かせたのであった。

「盗人が盗人に盗まれるだな」

彼は皮肉っぽい笑いを、浮かべながらそう言った。

「何よ、それ……」

わたしは弱みを見せまいとして、マンガ雑誌を投げ出していた。

「ことわざだよ」

「また、ことわざなの」

「盗人が盗人に盗まれる……」

「どういう意味よ」

「上には上がある、という意味さ」

「なるほどね」

わたしはもう、彼を尊敬するどころではなかった。彼は間違いなく、意識的に『盗人』と『盗む』という言葉を、わたしに聞かせようとしているのだ。

それならばと先週になって、わたしは誘い水を向けてみた。一種の実験である。その結果、彼が盗人という言葉を口にするようであれば、わたしの判断は狂っていないということになる。

「今日、ボーイ・フレンドから聞いた話なんだけど、ちょっとばかり感激させられちゃったわ」

わたしは、むかしオヤジから教えられたことわざを思い浮かべながら、一生懸命に脚本どおりの、台詞《せりふ》を並べ立てた。

「どんな話に、感激したんだ」

気のせいか、彼は観察する目つきで、わたしの顔を見守っているようだった。

「そのボーイ・フレンドって、とんでもない不良なのよ。ところが、そんな悪い男の子でも、仲間に対する人情はとても厚くて、ちゃんと礼を尽くそうとするのね。そのことに、わたしは感激しちゃったのよ」

わたしはそこで、彼がどういう言い方をするか、待ったのである。彼が『盗人』という言葉を口にするかどうかで、すべてが決まるとわたしは緊張していた。

「盗賊にも仁義というやつだろう」

彼は言った。

果たして——と、わたしは底なしの穴へ吸い込まれていくような絶望感に、捉われていた。

わたしの声は心持ち、弱々しくなっていた。

「盗賊にも仁義……」

「盗賊のような悪人だろうと、仲間うちには人情も礼儀もあるという意味だ」

「ドロボーを引き合いにしたことわざって、ずいぶんたくさんあるのね」

「誰でも知っているのが、盗人に追い銭だろう」

「盗人猛々し、というのもわりと一般的でしょ」

「盗人の逆恨《さかうら》み……。これは、盗人が縄を恨む、ともいうね」

「盗人にも三分の理って、わたし聞いたことがあるわ」

「盗人に鍵……」

「それ、どういう意味なの」

「信用してはならない相手を信用して、損害を大きくするという意味だ」

「もうひとつ、有名なのがあったわ。盗人を捕えてみればわが子なり……」

「うん、それがいちばん一般的かな」

「まだ、あるかな」

「盗人も戸締まり、盗人に糧《かて》、盗人逃げての向こう鉢巻……」

「盗人逃げての向こう鉢巻って……?」

「安全だとわかったとたんに、威勢がよくなる人間のことをいう。事件が終わってから、威張り出すやつがいるだろう」

「おもしろいわね」

おもしろいどころか、わたしは気分が悪くなりそうだった。

「このくらいのことわざは、常識として覚えておいたほうがいいぞ」

彼は言った。

何が常識だ、嘘をつけと、わたしは胸のうちで叫んでいた。彼は盗人に関することわざを調べて来て、それを残らずわたしの前で吐き出したのに違いない。わたしは、そのように断定した。

そして、今朝――。

六時すぎに目を覚ますと、彼はベッドから姿を消していた。わたしは、あわてて起き上がった。リビングから、彼の声が聞こえてくる。電話をかけているのだ。

わたしは寝室を出て、忍び足でリビング・ルームへはいった。電話をかけている彼の後ろ姿を見やりながら、わたしはテーブルに近づいた。

テーブルのうえにレターペーパーと、彼の万年筆が置いてあったからだった。彼は何かを、書いていたのである。何を書いていたのか、当然わたしは気になったのだ。

わたしは、レターペーパーに記されている彼の文字に、目を走らせた。


今日はゴルフの付き合いがあり、八時までに集合場所まで行かなければならないので、きみを起こさずに出かけることにする。

それはともかく、きみに言っておきたいことがある。もう三ヵ月ぐらい前から、ぼくはきみの異常に気づいていた。しかも、それはますますひどくなる一方ではないか。

きみ自身のためにも、早急に手を打つ必要がある。このままにしておいては、大変なことになるだろう。だから、然るべき処置をとらなければならない。

きみは、ぼくがここへくる夜、必ず盗

ここまで書いて、彼はふと思いつき、電話をかけに立ったのだ。でも、このあと彼がどんなことを書くつもりだったかは、一目瞭然であった。

きみは、ぼくがここへくる夜、必ず盗みを働いている。あるいは、盗癖を発揮する、と書くことになっていたのだろう。

このままにしておいては大変なことになるから、然るべき処置をとらなければならない――。然るべき処置とは、警察に届け出るということなのではないか。

もう、駄目だ。彼の口を封じなければ、一家は破滅、わたしも生きてはいられない。わたしと彼の関係を知る者はいないし、マンションの住人たちも彼がわたしの部屋に出入りしていることに気づいていない。

この八階の部屋のベランダから、彼を突き落としても、わたしと結びつけて考える人間は、ひとりもいないはずだった。たまたまこの近くを通りかかった男が、マンションの屋上へのぼって、飛び降り自殺を図ったということになるだろう。

一週間がすぎた――。

彼がこの世にいなくなったことが、たまらなく寂しい。それに、彼を殺したことが、日がたつにつれて恐ろしくなる。そのせいか、わたしの盗癖は完全に消滅した。

だけど、毎晩のように彼の夢を見る。人気のない早朝の道路へ、流星のように落下してゆく彼の姿を、わたしは夢の中ではっきりと見るのである。

恐ろしさの余り、目を覚ます。すると、まるでオネショをしたみたいに、わたしは汗をかいている。何とか汗をとめる方法はないものかと、わたしは近所の内科の医院へ、相談に出向くことにした。

中年の医者が、わたしの話を聞きながら、メモ用紙に鉛筆で『盗汗』と書いた。その字を見て一種の条件反射なのか、わたしはギクリとした。

「先生、トウカンて何のことなんですか」

わたしは、医者に質問した。

「トウカンじゃない。盗汗と書いて、ネアセと読むんだよ。あなたは盗汗《ねあせ》をかくということで、相談に来たんじゃないか」

医者は、笑いながら答えた。

「盗む汗と書いて、ネアセ……」

次の瞬間、わたしはハッとなっていた。

わたしは、書きかけの彼の文章を思い出した。

三ヵ月ぐらい前から、ぼくはきみの異常に気づいていた。きみ自身のためにも、早急に手を打つ必要がある。このままにしておいては大変なことになるだろう。だから、然るべき処置をとらなければならない。きみは、ぼくがここへくる夜、必ず盗汗をかくではないか――。

盗みでも盗癖でもなく、『盗汗』と書こうとしていたのではないか。

『盗汗』としても、彼の文章に矛盾は生じないのである。

学者さん、ごめんなさい。

日本人同士のあいだで、やっと日本語が通じるなんて、学者さんに教養がありすぎるのか、それとも低能さんが低能すぎるのか……。


（「小説現代」１９８０年10月号）

現われない
——人物消失と殺人

あった。

1

白河久美が事故死を遂げたのも、彼女に恋人がいたことも、否定のしようがない事実であった。

だが、その二つの事実を両立させようとすると、どうしてもそこに矛盾が生ずることになるのである。

白河久美が生まれて初めての恋を経験したのは、昨年の春ごろからと思われる。彼女は二十八歳にして、男を愛することの歓喜を知ったのだった。

それまでの白河久美は、頑《かたく》なに男を拒み続けて来た。縁談、求婚、デートの申し入れ、ラブ・レター、男と女のグループ旅行などには、見向きもしなかったのである。

白河久美には、それなりの理由があった。過去における失敗に、起因していたのだ。久美は二十歳のときに、力ずくでセックスを強制された。

　相手は知り合いの学生だったが、犯されたのと変わりなかった。いったんそうされてからは、もう男の要求を拒む勇気もなく、結婚するという約束を信じて、肉体関係を続けたのであった。

　好きになれない男だが、人形でいるより仕方がないと、セックスの相手をするのが義務と心得ていた。だが、半年後に男は、白河久美の前から姿を消した。

　以来、男性不信に憎しみが加わって、久美の心の傷口は癒《い》えなかった。八年間、彼女は徹底した男嫌いで、通して来たのである。一生、独身でいるつもりだったらしいし、また、そのことを苦にもしていなかった。

　ところが、去年の春になって、久美は生まれ変わった。恋をしたことによって、彼女はそれまでの男性観や人生観を帳消しにしたのであった。

　夏ごろにはもう、その恋人と深い仲になったようである。そして、十月の半ばに久美は、すでに結婚していて二児の母でもある親友の大月由紀子のところへ、声をはずませての電話をかけて来た。

「わたしもう、彼に夢中よ。ねえ、わかる、わかる！」

「わかるわよ、わたしだって女なんですもの」

「彼なしでは、わたし生きていけない。彼がわたしの生きるすべてだし、彼のことしか頭にないの」

「よく、わかりました。だから、そう興奮しなさんな」

「ねえ、彼ってとても素晴らしいの。世界一だわ」

「そうでしょうよ」

「わたし、彼に教えられたのよ」

「何を……?」

「何をって、わかるでしょ。セックスが、最高になるあれよ」

久美の声は、うわずっている。

「ああ、あれ……」

大月由紀子は、絶句していた。

そのように大胆なことを、久美の口から聞かされるとは、思ってもいなかったからである。

「そうなの」

「つまり、オルガスムスでしょ」

「そんな、お手軽なもんじゃないわ」

「だったら、エクスタシーって表現したほうがいいかな」

「それも、すごいエクスタシーなの。わたし、完全に狂っちゃったわ。死ぬかとも、思ったし……」

「まあまあ、露骨なこと」

「半日も、余韻が残っているのね。だから、家に帰ってからもまだ、彼とひとつになっているみたいで、何もする気になれないの。ただ、声に出して彼の名前を、呼び続けているだけだったわ」

「はっきり、聞かせるのね」

「ああ……」

「変な声を、出さないでよ」

「だって、こんな話をしているだけで、変になりそうなのよ。彼の身体が、迫ってくるみたいで……」

「いいかげんにしなさい」

「わたし、真剣なのよ。ほんとうのことを正直に、あなたに打ち明けているんじゃないの」

「わかった、わかったわよ」

「わたし、世界一しあわせだわ」

「一度、紹介しなさいよ。彼を……」

「いずれね。いまはまだ彼と二人だけの関係ということで、誰にもタッチされたくないの」

「彼と、結婚するんでしょ」

「もちろん」

「予定は、どうなっているのよ」

「来年の秋には結婚しようって、彼は言ってくれてるんだけど……」

「久美、おめでとう」

「ありがとう」

白河久美は、鼻がつまった声になっていた。

久美にしても、感動的な気分になっているのに違いない。あるいは、嬉し涙を流しているのかもしれなかった。

「ほんとうに、よかったわ」

口先だけの言葉ではなく、大月由紀子も心の底からそう思ったのである。

このままでは年をとるまで、灰色の人生を送ることになると、親友として大月由紀子は常に、白河久美の将来を案じていたのだった。

二十九歳で結婚できるのであればと、大月由紀子はホッとしていた。

去年の暮れになって、久美は母親の清子にも、結婚についての話を聞かせたという。折り入って話があると、久美のほうから持ちかけたのであった。

久美が改まって、そんなことを言い出すのは珍しい。照れ臭そうにはしていても、久美はひどく真剣だった。母親の清子が何となく、圧倒されたくらいであった。

「わたし、愛し合っている人がいて……」

久美は、そう切り出した。

「そう」

清子は別に、驚かなかった。

初夏のころから、久美は明るくなった。ひとりでいても、楽しそうだった。服装を気遣い、化粧も華やかになった。

そのうちに、旅行と称して出かけたり、帰宅時間が一定しなくなったり、あれこれと理由をつけては外泊したりという大きな変化が見られた。しかも、二十代前半の娘のように、久美は若々しく美しさを増していったのである。

母親として久美の恋愛を、清子が察知したのは、当然すぎるほどのことだったのだ。清子はそっとしておくことにして、あとは二度と不幸にならないようにと、密かに念じていたのであった。

「その人と、結婚したいんです」

「結構な話だわ」

「来年の秋には……」

「気持ちが決まったんなら、結婚は早いほうがいいわね」

「わたしのためにも、早いほうがいいでしょう」

「そうね。あなたはもう、若すぎるってことはないんだから……」

「それに、三十でお産ができるんだったら……」

「いまは高齢出産も心配はいらないんでしょうけど、初産《ういざん》は早いに越したことはないからね」

「ただ、彼はわたしより、ひとつ年下なんです」

「そんなこと、気にする必要はないでしょ。年の釣り合いを、やかましくいう時代じゃないんだもの。それに、ひとつ違いの姉さん女房はむかしから、うまくいくって言われているんだしね」

「お母さんたちが、わかってくれれば、それでいいんですけど……」

「とにかく一度、お引き合わせをお願いしなくちゃあ……」

「年が明けたら、連れて来ます。成人式の日にでも……」

「あなたはもう一人前の大人なんだから、親だって反対はしません。だから、あなたの好きなようになさい」

娘の心の古傷に触れたくないこともあって、清子はそのような労《いたわ》り方をしたのだった。

その相手の男について根掘り葉掘り訊《き》いたりすると、過去の失敗にこだわって親も慎重になっていると、久美に受け取られるのではないだろうか。

清子はそこまで考えて、急いで恋人の名前や職業、家庭の状況などを知ろうとはしなかったのである。

「話ができて、よかったわ。これで、すっきりしたみたい」

久美は、嬉しそうに笑った。

このように久美が、母親や親友に打ち明けたことは、事実と解釈していいはずであった。意味もなく嘘をついたり、作り話を聞かせたりするわけがない。

この世に存在してもいない恋人とは、到底考えられないことだったのだ。それも単なるボーイ・フレンドとか、知り合ってまだ日も浅い彼というのではないのである。

十ヵ月の交際期間があり、肉体関係にまで発展していて、そのうえ結婚する気持ちも決まっていた相手なのであった。婚約者といってもよかった。

白河久美の死を知れば、当然その男は線香の一本もあげに、訪れてこなければならない。

しかし、死亡した久美の通夜にも、そして告別式にも、それらしい男は姿を現わさなかったのである。

2

その男がまず久美の通夜の席に現われなかったことで、母親の清子は激しいショックに打ちのめされたのであった。

久美の死そのものよりも、恋人の冷淡さに清子は多くの涙を流した。そんな薄情な男とも知らずに、ひとり死んでいった久美が、あまりにも哀れだというのである。

「どこまで、あの子は男運が悪いのかしらねえ。今度の相手というのも、二十歳のときにひどい目に遭《あ》わされた男と同じで、本気ではなかったんですよ。大月さんだって、そう思うでしょ」

奥の部屋へ大月由紀子を引っ張っていって、清子は泣き崩れながらそのように訴えるのだった。

「まだ、こないって決まったわけじゃないんだから……」

大月由紀子もさっきから、時計の針と若い男の客ばかりを、気にしているのであった。時間は、午前二時を回っていた。

通夜の客はその大半が、すでに引き揚げてしまっている。残っているのは久美の肉親、親類縁者、近所の主婦と友人の一部、それに職場の同僚が二人だけだった。

帰る人間はいても、これから訪れる通夜の客というのは、まずいないだろう。清子の言葉どおり、久美の恋人が通夜の席に姿を見せることは、もはや期待できなかった。

「あの子のお通夜に、どなたもお見えにならなくてもいい。久美が好きだったというその人だけが、お線香をあげに来てくれれば、それでもうあの子も満足すると思うんです。その人がこないうちは、久美だって成仏《じょうぶつ》できませんよ」

清子は、両手で顔を覆《おお》った。

「お母さん、そんなふうに怒ったり、諦めたりしないで下さい」

大月由紀子としても、何とも慰めようがなかった。

「どうしてあの子は、男にいいようにオモチャにされて、最後には紙屑みたいに捨てられるんでしょうね。人がいいというのか、世間知らずなのか、騙しやすい女ってことなのかしら」

「久美さんの恋人なんですけど、今夜はどうしても都合がつかなくて、来たくてもこられないのかもしれませんよ」

「でも大月さん、都合がつくとかつかないとか、そんな問題じゃないと思うんですよ。結婚することになっていた相手が、死んでしまったんですもの」

「旅行中ってことだって考えられますよ、お母さん」

「旅先にいても、電話ぐらいならかけられるでしょ」

「あるいは旅行中で、まだニュースを見たり聞いたりしていないってことも……」

「いいえ大月さん、旅行中ってことは考えられません」

「どうしてですか」

「昨夜の久美は、彼という人とのデートに出かけて、その帰りに事故に遭ったんですもの」

涙が乾いた顔を上げて、清子はそう言った。

「そうですね」

大月由紀子も清子の意見に、従うほかはなかった。

久美が自動車事故で即死したのは、昨夜の十一時五十六分であった。

久美は夕方になって、会社から自宅へ電話を入れた。その電話には、清子が出ている。

久美の声には張りがあり、笑いも含まれていた。

「今夜、帰りが遅くなります。それから今月の十五日に、家へ招待するってこと、彼と約束しちゃっていいんですね」

久美はそれだけのことを、連絡して来たのだった。

今夜、彼とデートすると、口に出しては言わなかった。しかし、彼とのデートのほかに、久美の帰りが遅くなるということは考えられない。

それに、一月十五日に自宅へ招くことを、彼と約束してもいいのかと念を押したのである。それが、今夜にでも彼と会うということを、はっきり物語っている。

年が明けて、早くも十日がすぎていた。一月十五日まで、あと五日しかない。彼と約束するなら、急がなければならなかった。昨夜――一月十日の夜のデートで、久美は彼にそのことを伝えたはずだった。

そして、デートを終えた久美は、彼と別れて帰路についた。夜も遅い時間だし、久美がタクシーを利用することはまあ仕方がなかった。

十一時五十六分に、タクシーはそれほど大きくはない交差点にさしかかった。停止しないうちに信号が青になったので。そのままタクシーは交差点を突っ切ろうとした。

もちろん、右から左へ横切る道路の信号は、赤になっていた。ところが、ほかに発進する車はないと見て取ったのか、スピードを上げて疾走して来た大型トラックが、信号が赤になった直後の交差点を強引に通過しようとしたのである。

タクシーの側面に、ブレーキをかけながら大型トラックが激突した。

タクシーは一瞬にして大破、久美も運転手も即死した。

大型トラックの助手席に乗っていた十九歳の女が、フロント・ガラスに頭から突っ込んで、出血多量で死亡した。大型トラックの運転手も、ガラスの破片により全治一ヵ月の重傷を負った。

三人が死亡、ひとりが重傷となると、大事故ということで、ニュースとしてもそれなりに扱われる。

翌朝すなわち今朝の新聞には、大きな事故の記事となって載っていた。時間的に間に合わなかった区域は、今日の夕方にかなりのスペースを割いて報じられた。四人の死傷者の顔写真入りであった。

テレビでは各局とも、今朝のニュースで詳しく伝えていた。大月由紀子も今朝のテレビのニュースで久美の死を知り、白河家へ駆けつけたのである。

昨夜、久美とデートした彼が、旅行中だということは、なるほど考えられなかった。彼はいつもと変わらぬ生活の場で、今日を迎えたのだった。

そうだとしたら、昨夜の大事故のニュースに気づかないはずはない。

今日の朝刊か夕刊、あるいはテレビのニュースで久美の死に気づかなければならない。

「その男は、久美が死んだことを、ちゃんと知っているんですよ。知っていて、姿を現わさないんでしょ」

清子はもうそのように、決めてかかっているみたいだった。

「でも、どうして知らん顔をしているんでしょうか。そうしなければならない理由っていうのが、思い当たらないんですけど……」

大月由紀子はまだ、清子ほど深刻には考えていなかった。

通夜にもその男が飛んでくるべきだという清子の主張も、心情的にはうなずけるのである。だが、人間とは理屈どおりに、行動するものとは限らない。

ピンとこない、信じられない、通夜というものを自分の目で確かめるのが恐ろしいと、そんな気弱な男かもしれないのだ。また、最初から告別式には顔を出そうと、決めてしまうこともあるだろう。

「だから、死んだ女には、用はないってことなんでしょう」

「そういうのは、あんまり意味のない薄情さですよ」

「面倒臭いからって、こないのかもしれません」

「わたしは、久美さんを信じます。そんな鬼みたいな男の人と、心から愛し合っているなんて錯覚するはずはありません。彼のほうだって、久美さんのことを本気で愛していたんだと思います」

「でしたら血相を変えて、昼間のうちに飛んでこなくちゃあ……」

「できればそうしたかったのを、何かの事情で動きがとれなかったんでしょ」

「いいえ、やっぱりここへは顔を出したくない理由が、あったんでしょうね」

「その人がここへ来たからって、責められることはありませんよ。責められるのは、北海道から大型トラックを走らせて来て、自分も重傷を負ったけど、あの事故を引き起こした二十四歳の運転手だけですものね」

「妻子のいる男で、結婚しようなんて久美を騙していたんじゃないのかしら」

「そうだとしても、久美さんは亡くなってしまったんだし、いまさら責任をとれなんて文句をつけられる心配はないんですものね。知らん顔でお焼香にくれば、妻子がいるなんてこともわからずじまいでしょ」

「じゃあ、久美からお金を絞れるだけ、絞り取っていたりして……」

「それだって、久美さんは生きていないんだから、知らないで通るわけでしょ」

「だったら、どうして……」

清子はまた、泣き出しそうな顔になった。

「明日の告別式に、必ずくると思います」

清子を慰めるための言葉ではなく、由紀子自身もそう信じていたのだった。

しかし、翌日の告別式にもついに、それらしい男は現われなかった。

3

大月由紀子は、久美の会社の同僚たちに、彼女の恋人について訊いてみた。

だが、誰ひとりとして、久美の恋人のことを知る者はいなかった。それどころか、久美に恋人がいたという話に、全員が驚きの反応を示したのだった。

大月由紀子は久美と共通の友人、そして久美だけの知り合いというのにも、同じ質問を繰り返してみたが、結果はやはり変わらなかった。

どうやら久美が恋人の存在を打ち明けた相手というのは、母親の清子と親友の大月由紀子の二人だけだったらしい。

むかしの男の裏切り行為に懲《こ》りて、久美はそれだけ用心深くなっていたのに違いない。万が一、今度の男に裏切られたとしても、その彼の存在を知る者は、母親と親友の二人だけなのである。そうなれば、恥をかくこともない。

結婚することが確実になるまでは、誰にも恋人の存在を明かすまいと、久美にはそうした配慮があったのだろう。

だが、こうなってみるとせめて恋人の名前と勤務先ぐらいは、久美から訊き出しておけばよかったと、つくづく悔まれるのであった。

告別式が終わった翌日からも、大月由紀子は白河家へ通い続けた。清子を慰めるのが大きな目的だが、やはり久美の恋人が姿を現わすかもしれないということにも、興味と期待があったからである。

何らかの事情によって、彼は久美の事故死を知らずにいるとする。しかし、彼と久美のあいだには、次のデートの約束が交わされているはずだった。

その約束を、久美がすっぽかす。そのうえ、久美からの連絡は途切れている。久美の身に何かあったのに違いないと心配のあまり、彼は白河家を訪れる。

一月十五日にはどっちみち、招かれることになっていた白河家である。その白河家を訪問することを彼が逡巡するはずはなかった。

大月由紀子の場合は、そのように善意に解釈していたのだった。

一月十二日、十三日、十四日と、通夜にも告別式にもこられなかったという人々が、思い出したように白河家を訪れては、久美の霊前で短い時間を過ごしていく。

だが、依然として、久美の恋人だという男は現われない。

どうして、現われないのか。

大月由紀子は自分のことのように、焦燥感に駆られっぱなしであった。

その彼についてはっきりしているのは、二十七歳という年齢だけである。それは久美の口から、語られていることなのだ。久美は清子の前で、彼はわたしよりひとつ年下だと、明言したのであった。

ひとつ違いの姉さん女房というのは理想的だと、清子もそのとき久美に言っているのである。

だから、間違いはない。

しかし、名前も住所も勤務先もわからないのでは、どうすることもできない。こっちからは、捜しようがないのだ。

久美の肉親たちが、いちばん期待をおいていた一月十五日——。

この日、白河家にはひとりの焼香客もこなかった。

明日は初七日であり、それがすぎてから彼が姿を現わすといったことは、もはやあり得ない。

彼は永遠に、久美の霊前に現われないことになるだろう。

大月由紀子は、久美の日記らしきものを見つけて、それに目を通してみた。日記というよりは、恋愛メモとでもすべきだろうか。大学ノートに、恋人とのデートとセックスの記録だけが記されている。

十月十二日　日曜日
午前中に、彼のアパートへ行く。
午後二時までに、三回も愛し合う。彼、強い。

十一月二十九日　土曜日
彼と一泊旅行。セックスのほかに、彼は食べるか眠るだけ。
何度も、気絶しそうなエクスタシー。腑《ふ》抜《ぬ》けになったわたし、でもこれ以上のしあわせなし。

十二月九日　火曜日
彼と別れて来たばかりなのに、もう彼が欲しくなっている。
色情狂かしら。ああ愛してる、欲しい、抱かれたい、もう狂いそう。

十二月十八日　木曜日
結婚は来年十月十八日に決めようと、彼が結論を出す。ただしその日は、大安で日曜日。いまから式場の予約が、間に合うかどうか。
結婚の日取りまで決まった精神的な喜びが作用してか、エクスタシーが更に強まる。

十二月二十六日　金曜日
彼とのことを、母に打ち明ける。
いよいよね、あなた、愛しているわ。

ざっと拾い読みをしても、記されているのはこうしたことばかりであった。
大月由紀子は最初から最後まで、愛の記録を丹念に読み返してみて、あるひとつのことに気がついた。
それは、現実的な事柄についてはいっさいメモされていないし、ただの一ヵ所も固有名詞が明記されていないということだった。それらしいこととして書いてあるのは、月日と曜日だけなのである。

たとえば——。

彼とだけ書かれていて、名前もイニシャルもない。彼のアパート、一緒に泊まったホテル、旅行先、映画館、レストランなどの名称、場所、地名が書かれていない。

こうなると、まさに物語である。現実感を、嗅《か》ぎ取ることもできない。創作であってももう少し、具体的に記述されるものではないだろうか。

『彼』となっている恋人とは、久美の想像の産物なのかもしれない。実在しない恋人を空想の中で愛するようになり、いつの間にかその彼をセックスのうえでのスーパースターにしてしまったのではないか。

恋人のいない寂しさ。

性的な不満。

それらが二十八歳の女に、絵空事ながら理想の男を創造させた。実在の男たちを拒絶しながら、絶対に裏切ることのない架空の男を愛し、いつの間にかそれが生きている人間になったのではないか。

そうだとしたら、久美の恋人が姿を現わさないのは当然ということになる。

いつまで待とうと、架空の人物が焼香に現われたりするはずはない。

のである。

久美の話はすべて、空想によるものだったのだ。久美の恋人など、最初からいなかった

大月由紀子は、そうした結論に到達したのであった。

「現われないのは当たり前、久美の彼というのは、久美の頭の中だけにいたんだもの」

大月由紀子は、そうつぶやいていた。

翌日は、初七日の焼香に訪れる客がいた。だが、焼香客は夕方までで、もう大月由紀子が白河家に居残っている必要もなくなった。

大月由紀子が清子に見送られて玄関に立ったとき、五十半ばの女が訪れて来た。たったいま東京についたばかりの旅行者という服装で、大荷物を手にしていた。

「これから鳥取まで帰るところで、ついでといってては何ですけど、お焼香だけでもさせていただこうと思いまして……。お嬢さんのことは息子から、手紙や電話でよく聞かされておりました」

そのように、女は挨拶した。

東京についたばかりなのではなく、これから鳥取へ帰るところなのである。鳥取から東京へ出て来て、すぐまた鳥取に引き揚げるということなのだろう。

「失礼ですけど、どちらさまでございましょう」

清子が訊いた。

清子は目を輝かせていたし、大月由紀子は目を見はっていた。久美の恋人の母親に違いないと、直感したからであった。

「西倉民夫の母親でございます」

女は目を、赤くしていた。

西倉民夫、二十七歳――。

と、それをニュースで聞いたり見たりした記憶が、清子と大月由紀子の頭に甦《よみがえ》った。

「ですけどね、好き合った者同士が一緒に死ねたんですから、悲しんでばかりいることはありませんよ」

泣きながら、女は笑った。

久美が乗っていたタクシーの運転手でもあり、彼女とともに即死した男が、西倉民夫、二十七歳だったのである。

「現われないのは当たり前、久美と彼は一緒に、あの世のほうにいるんだもの」

大月由紀子はそう、つぶやきを訂正していた。

（「小説宝石」1981年2月号）

計算のできた犯行
——完全犯罪と殺人

1

西村マキは、おれのことを頭の回転が鈍《にぶ》い男と思っているらしい。

ひとつには、おれという男から逃れられない女だからなのだろう。いわば、女の負け惜しみなのだ。どうしても、おれの言いなりになってしまうことが口惜しくて、おれを馬鹿にしたくなるのに違いない。

西村マキにしたって、あまり利口な女とは言えない。おれみたいな男と二年間も、縁を切れずにいるのがその証拠ではないか。もう西村マキは三十一にもなるんだし、今後の人生をどのようにして過ごすつもりでいるのだろう。

金だけが頼りだと、せっせと貯金に励んでいる。事実そのとおりかもしれないし、それだけがあの女の取柄ということになる。しかし、その大事な貯金をおれに使われるようでは、やはり利口な女にはほど遠いと言いたくなる。

二ヵ月ほど前におれは、西村マキから三十万円を吐き出させた。とは言っても、まきあげたわけではない。借りたのである。金を借りるときは、西村マキを抱いてやらなければならない。

それが、借金の最低条件のひとつになっている。

安アパートの六畳間を占領している古ぼけたセミ・ダブルのベッドのうえで、八十キロもありそうな西村マキの裸身を抱いた。おれも七十五キロはあるから、合計で百五十キロ以上になる。

二人が抱き合っただけで、いまにも潰れそうにベッドが悲鳴を上げる。

「ねえ、愛してくれている？」

西村マキが、鼻声を出した。

「当たり前だろう」

おれも例の調子で、甘い声と口調を作っていた。

「言葉にして、はっきりと口に出してよ」

「愛しているよ」

「もう一度……」

「愛している」

「嬉しい」

「それにしても、お前はでかいな」

「だから好きなんだって、むかしは言ってくれたじゃないの」

「むかしだなんて、オーバーだろう。二年前じゃないか」

「一年前にだって、そう言ってくれたわよ」

「女ってのはどうして、そういうつまらないことを、いちいち覚えているんだろう」

「きっと、記憶力がいいのよ」

「冗談じゃないぜ。日常の当たり前なことについては、三日も役に立たねえ記憶力のくせによ」

「お互いさまでしょ。あんただって、頼りにならない頭の持ち主だわよ」

「まあ、そういうことにしておくさ」

「頭に関しては、わたしのほうがはるかにマシだもの」

「自分でそう思っていりゃあ、世話はねえや」

「あんたは鈍感で、単純だからね。だけど、わたしはそういうあんたが、好きなのよ。母性本能を、刺激されるんだもの」

「何が、母性本能だい。おれは三十二、お前よりひとつ年上なんだぞ」

「女が年下だから、母性本能を刺激されるのはおかしいって、そういう考え方をするところが単純なのよ」

「そんなこと言ってないで、自分の子どもを生んだらどうなんだ」

「結婚しなければ、子どもは生めないじゃないの」

「結婚すれば、いいだろう」

「誰とよ」

「おれ以外の男とだよ」

「どうして、あんたとじゃ駄目なの」

「わかっているだろう。おれには、前科《まえ》が三つもある」

「そんなこと、どうでもいいわ」

「よくはないさ。それに、おれって男は働くことを知らねえ。死ぬまで、無職でいるだろうよ。そういう男と結婚したって、長続きはしないさ」

「働くってことは、わたしに任せておけばいいのよ。わたしが、ばっちり稼いじゃうからさ」

「安キャバレーを転々としているうちに、年をとってしまう。そんなことをしていたんじゃあ、子どもを生むことだってできない。だったら、いまのままだって同じなんじゃねえのかい」

　いつもと同じようなやりとりを交わしているうちに、西村マキの指の技巧がおれを興奮させるのだ。おれのほうも、愛撫に精を出す。マキは息をはずませて、おれにしがみつくのであった。

二人とも沈黙して、ベッドの悲鳴が魔女の笑い声みたいに途切れるときを忘れる。マキが体格に似合わず、唄うように可愛い声を出す。おれも、夢中になる。おれたちは汗まみれになって、ベッドのうえで暴れる。

マキは、おれに惚れている。

お世辞にも美人とは言えないマキだが、おれだって彼女が嫌いではない。気のいい女で、ちょっぴり所帯じみたところがある。

おれはこれまで、多くの女を手玉にとってきた。

おれの名前は大友政夫というが、あまり知られてはいない。しかし、『スケマサ』と言えば、かなり聞こえている異名として通るはずである。『スケマサ』は、スケコマシの政を省略したものだった。

それでいて、おれはあまり女を好きになれない性質《たち》なのだ。おれの目的は女そのものではなく、女が持っている金にあるのであった。だから、金さえ頂いてしまえば、もう女には用がない。

同棲しようと、女に対してはまったく情が湧かない。それで、どんな相手だろうと、思いきりよく捨てることができる。

何度か仲間たちからあんなにいい女を、もったいないじゃないかと、言われたことがある。だが、おれは未練もなく、女を冷たく突き放すことになる。

そういうおれが、いったいどうしたことなのか。選《よ》りに選《よ》ってマキのような女に、情を持ってしまったのだ。マキだけには、冷酷な仕打ちができない。

女は、外見ではない。気のいい女、性格が可愛い女、正直な女、血のめぐりがよくない女に、男は弱いのだろうか。それとも、男と女の相性のせいだろうか。

マキに限って二年も切れずにいるのは、そのためである。

もちろん、この二年間にも何人となく、金が目当てで女をモノにしている。だが、マキを捨ててはいなかった。

ほかの女たちとは、金の切れめが縁の切れめで、次々にさよならをしているのだった。金にしてもマキからは、まきあげるという気にはなれなかった。

いつも借金というかたちで、マキの貯金を使わせてもらっているのにすぎない。その代わり、マキの貯金というのは非常に便利であった。

「また、お金なの」

「もう、ないわ」

「工面してくるから、明日まで待ってちょうだい」

ほかの女には、こんなふうに言われることもあるが、マキの場合だと絶対にそれがないのだ。

「銀行から、おろしてくる」

いつだろうとマキは、さっさと現金を用意してくれるのである。ただし、マキにしても相手かまわずに、金を貸すというわけではない。

おれに限って、いつでも借金に応じてくれるのだ。おれみたいな男のことを、妙に信用しているらしい。やはりマキは、おれに惚れているということなのか。

いや、それだけではない。マキの几帳面《きちょうめん》さに、おれが合わせているということも、原因のひとつになっているのだ。マキには、おれの借金の申し入れに応ずるときの条件が二つある。

ひとつは、愛し合うことだった。

もうひとつは、それまでの借金を清算することであった。

この二つの条件はおれも、二年前から確実に守らされている。第一の条件には、さして問題はなかった。だが、第二の条件にこだわるのはマキの性格か、それとも彼女の変わった癖なのかと思いたくもなる。

たとえば、マキから五万円を借りたとする。その五万円を返さないうちに、あと五万円の金が必要になる。

こうした場合、すでに借りている五万円を返済しないと、マキは次の借金の話にはいっさい応じてくれないのだ。仕方なく知り合いから五万円を借りて、いったんはマキに返さなければならない。

しかし、知り合いから五万円を借りてマキに返し、改めて彼女から五万円を借りても意味はない。それで、知り合いから五万円を借りてマキに返し、改めて彼女から十万円ほど借りることになる。

その十万円のうち五万円を知り合いに返し、おれの手もとに五万円が残るというわけである。もっとも知り合いから借りて、いったんマキに返すとばかりは限らない。

競輪や競艇でまとまった金を握ったとき、おれはマキからの借金は必ず返済することにしていた。マキの貯金をいつでも利用できるように、彼女の信用を得ておくためであった。

だが、いずれにしてもマキから借りる金の額は、次第にふくらんでいくことになるのである。

2

西村マキに言わせると、愛の歓びに堪能したということになる。もっと直接的な表現をすれば、要するにエクスタシーを十二分に味わったということなのだ。

そのあとのマキは、ひどく機嫌がいい。まずはビールで乾杯して、おれが何も言わないうちから、マキは銀行の預金通帳を取り出して、そそくさと外出の支度をする。

「今日は、いくら必要なの」

と、マキは笑っている。

「おれはまだ、金を借りに来たなんて、言ってないぞ」

照れ臭くなって、おれはそんな言葉を口にしてしまう。

「あら、わたしのカン違いかしら」

マキは明らかに、おれのことをからかっているのだ。

「いや、お前のカンは常に正しいよ」

だらしなく、おれは狼狽する。

「そうでしょ」

「だけど、どうしておれが何も言わないのに、お前にはわかるんだろう」

「愛し合っているときに、わたしには通ずるのよ」

「愛し合うのは、借金にくるときだけと限ってはいないぜ」

「それが、いつもの愛し方と違うんだな」

「そうかね」

「あんたは頭が鈍いから、自分でやっていることに気がつかないんでしょ」

「女のほうが、そういうことに敏感すぎるんじゃないのか」

「早くしないと、銀行がしまっちゃうわ。今日は、いくらなの」

「三十万ばかり……」

「ずいぶん、多いのね」

「そいつは、お前流のシステムがよくないんだよ。今日おれが必要とする金は、十万円だけなんだ。だけど、お前から十万円を貸してもらうためには、先々月に借りた二十万円を返さなければならないだろう」

「そうよ」

「それで仕方がねえから、竹田の兄貴に頼み込んで、二十万円を用立ててもらったんだよ。その二十万円は今日のうちに、竹田の兄貴に返さなければならない。だから、返済分の二十万円とおれが必要な十万円で、三十万円になってしまうんだ」

「だったら、まずその二十万円というのを返してちょうだい」

「お前がそんな厳しい条件をつけなければ、竹田の兄貴に二十万円の用立てを頼まなくてもすんだんだ。それに今日はお前から、十万円だけ借りればいいんだぜ」

「その代わり、あんたがわたしから借りたお金は、先々月の二十万円プラス今日の十万円ってことになるのよ」

「お前の頭は、やっぱりおれより鈍いよ。今日の借金が三十万円になるんだから、金額はまったく同じじゃないか」

「いいえ、あんたのほうが単純で鈍いわよ。あんたのためを思えばこそ、わたしはこのシステムを守っているんじゃないの」

「おれのためを、思えばこそだって……？」

「そうよ」

「どうして、そういうことになるんだ」

「先々月の二十万円と今日の十万円で、そっくりあんたの借金三十万円が残るわね。三十万円の借金になると、あんたには簡単に返せなくなるわ。この次にあと十万円貸してくれってことになれば、それでもう四十万円になってしまうし、ますます返せなくなるでしょ。あんたはわたしから、お金を借りにくくなる。わたしだって、返してもらえなくなったら困るもの」

「しっかりしてやがるな」

「あんたのためだって、言っているでしょ。こうやって無理してでも先々月の分を清算してしまえば、あんたの借金は今日の三十万円だけじゃないの」

「先々月の二十万円を清算しないで、今日は十万円だけ借りておけば、やっぱり三十万円の借金じゃないか」

「借金というのは一度清算してから改めてするものだって、これ親の遺言なのよ」

大真面目に、マキは言うのであった。

「わかったよ、もう……」

　おれもこれ以上やり合っていると、頭の中がこんがらかって、何が何だかわからなくなりそうだった。

　要するにマキは、借金というものにきちんとケジメをつけておきたいのだろう。そうすれば、安心していられる。女は相手が惚れた男だろうと、金に関してだけはおっとり構えていられないのである。

　そのくせ、おれのことを妙に信頼している。もし、おれがマキへの情を失ったら、どういうことになるだろうか。おれは平然と、マキを裏切ることもできるのだ。

　借金なんて知っちゃあいねえよと、おれが開き直ったらそれまでである。証文の一枚だって、おれは書いていないのであった。

　借金を返さずに姿を消すことだって、別に難しくはない。むしろ、おれはそうすることを得意にしているし、それが常套《じょうとう》手段でもあるのだった。

　いや、もっと徹底したやり方もある。貯金を残らず借り出してから、マキを殺してしまうのだ。それがいちばん簡単であり、あとのことも楽であった。

　しかし、おれにはそれが、できないのである。マキが殺されたら、おれが真っ先に疑われるということもあるが、それだけではなかった。

　マキへの情があるのだった。生まれて初めて、女に情を感じてしまったこのおれが、何とも因果なことではある。

いずれにしても、金を借りる身として大きなことは言えなかった。おれはとにかく、竹田の兄貴から借りて来た二十万円を、マキに渡したのであった。

マキは、銀行へ出向いた。おそらく銀行では、十万円だけおろしたのだろう。その十万円を、おれから受け取った二十万円に加えてもう一度おれに渡すというわけである。

おれは大急ぎで竹田の兄貴のところへ、二十万円を返しにいった。二十万円を借りて返して三十万円を借りて、おれの手もとに残ったのは十万円だけだった。

それが、二ヵ月前のことである。

そして今日、面倒なことが持ち上がったのだ。競艇場で無一文になり、ぶらぶらしているところを、おれは呼びとめられた。竹田の兄貴であった。

「おい、スケマサよ」

「へい」

「頼みがあるんだが、引き受けてくれるだろうな」

「兄貴の頼みに、首を横に振るはずがねえでしょう」

「三百万円ばかり、義理のある金を何とかしなければならなくなったんだ。ところが、四十万ほど不足しちゃって、こいつがどうにもならねえ。それで、すまねえんだがお前さんに、何とか都合してもらいたいと思ったんだがな」

「四十万ですか」

「是非とも、頼むよ」

「いつまでに、都合すればいいんでしょう」

「明日の正午までなんだ」

「承知しました」

こういうことになったのである。竹田の兄貴に頼まれたのでは、引き受けないわけにはいかなかった。竹田の兄貴には世話になっているし、恩というものを忘れることはできない。

二ヵ月前におれが頼んだときには、何も言わずに二十万円を貸してくれた竹田の兄貴である。義理を欠いたら、もう相手にはしてもらえないだろう。それに、竹田の兄貴から金を都合してくれと頼まれたのは、今度が初めてのことだったのだ。

おれの頭の中には、マキの顔があった。こういうときこそ、マキは便利な女である。マキに頼めば、間違いなく四十万円という金が都合できるのだった。

だが、ひとつだけ、厄介《やっかい》なことがあった。マキから金を借りるためには、いったん借金を清算しなければならないのだ。二ヵ月前に借りた三十万円を返してから、改めて四十万円の借金をするということになる。

いつもの借金と違って、四十万円がなければおれの住む世界がなくなるのだと、泣きついたところで無駄である。マキは頑として、承知しないだろう。

今日中に三十万円を工面して、マキから四十万円を借りる。

そうでなければ、四十万円を用意させたうえで、マキを殺すかであった。

二つにひとつ——。

マキを殺すことはできない。マキを殺せば、おれが逮捕されるのは時間の問題である。

同じ殺すのであれば、ほかの人間を殺して完全犯罪を狙ったほうがいい。

マキには馬鹿にされているが、この際おれの頭のよさを発揮すべきである。犯罪となれば、おれもプロのうちにはいるのだ。おれの計画に間違いはないし、的確に計算もできるのであった。

今夜のうちに、犯行をすませて三十万円を手に入れなければ、間に合わなかった。六月下旬のことであり、まだボーナスを使いきっていない人間も少なくないだろう。

おれは、強盗をやることに決めた。

3

プロとしての完全犯罪は、別に難しく考えることもない。推理小説にある完全犯罪みたいに、トリックなど用いる必要はなかった。最低の条件というものを、単純に計算の中に組み入れておけばいいのだ。

おれが計算したことは、次の九つの条件であった。

第一に、犯行の場所を屋外にすること。屋内だと番犬の有無や侵入方法、家人に見つかる可能性、逃走の際の失敗、指紋や足跡など手がかりを残す恐れ、といった危険や煩雑な点が多すぎる。

第二に、初めての場所を選ぶこと。これは土地カンがあると見られることを、防ぐためであった。

第三に、無人の場所で襲いかかり完全に殺すことだった。これの理由は、わかりきっている。

第四に、指紋や足跡や遺留品を残さないこと。凶器にしても手で絞殺するか、被害者が身につけているものを使うかすべきである。

第五に、抵抗力や体力の弱い相手を選ぶことであった。これは犯行に手間どらないためであり、やはり女ということになる。

第六に、目的をひとつに絞ること。強盗なら、金を奪って逃げることだけを目的にする。たとえ相手が世界一の美人だろうと、可愛がるといった気を起こしてはならない。

第七に、血を見ないようにすること。こっちの衣服に、血が付着したりすると危険である。

第八に、財布とかバッグは現場に捨てて現金だけを持って逃げること。この理由も、わかりきっている。

第九に、死体には手を触れないこと。死体を隠したり別の場所へ移したりと、余計なことをすればするほど、手がかりを残す結果となる。

以上の条件に基いて、その夜のおれは行動した。おれが選んだ場所は、これまで一度も足を向けたことがない高級住宅地だった。屋敷町と言ってもよさそうなほど、寂しい一帯である。

時間は、九時三十分――。

十時をすぎるとタクシーで帰宅し、門の前で降りるというケースが多くなるからであった。女は大金を持っていても、足代というものを出し惜しむ傾向が強いから、十時前であれば歩いて帰宅する。

十時前でも路上に動くものはなく、人の気配も野良犬の姿もなかった。道路の両側には、石垣やコンクリートの塀が続いている。街灯と街灯の間隔がありすぎて、真っ暗になっている路上の部分のほうが、はるかに長かった。

おれは、カモを待った。

男三人が通りすぎたが、もちろんこれらはやり過ごした。若い女が、ひとり通った。その女を、おれはカモにしなかった。

バッグを振るようにしながら、ゆっくりと歩いて来たからである。そうした女は、まとまった金を持っていないものなのだ。大金を所持している女は無意識のうちに、足早に歩くようになるし、バッグをかかえてしまうのであった。

また、若い女が歩いて来た。ＯＬのようである。

足早だった。洋品店の紙袋を左手に持ち、右手のバッグを下腹部に押しつけるようにしている。ボーナスの残りかどうかはともかく、まとまった金を持っていると、おれは判断していた。

プロの直感である。

おれは、女のあとに従った。女が振り向かないうちに、おれは追いついた。背後から、女の首をしめつけた。声を出すこともできずに、女はぐったりとなった。

手袋をはめた手で、おれは女のベルトをはずした。それを女の首に巻きつけて完全に息の根をとめた。おれは、女のバッグをあけた。

袋がはいっていた。ボーナスの袋らしい。幸運なことに、三十万円はあることがひと目でわかった。一万円札を十枚ずつまとめた束が、三つあったからだった。

ほかに、千円札もあった。だが、おれは三つの一万円札の束だけを抜き取ると、急いでその場を離れた。あたりは相変わらず、無人の世界だった。

大成功である。

これで、おれが犯人だとわかるようであれば、この世に犯罪はなくなるだろう。よく計算されてはいるが、トリックも小細工も必要としない完全犯罪であった。

翌日の午前中に、おれは西村マキのアパートを訪れた。おれはいきなり、ベッドの中へ飛び込んだ。時間がないので、借金のための条件のひとつを、手っ取り早く満たさなければならなかったのである。

ベッドが魔女の笑い声を通り越して、老人が咳込むような音を立てた。いつもよりマキの唄うような声が長く続き、おれもこれまでになく多量の汗をかいた。

「今日は、いくらなの」

マキが訊いた。

「四十万円だ」

胸を張って、おれは答えた。

「また、多くなったのね」

「仕方がないだろう」

「清算する分を、持って来ているの」

「当たり前だ」

「いくら残っていたっけ」

「ふん、鷹揚《おうよう》に構えやがったな。三十万じゃねえかい」

「三十万円……」

「二ヵ月前に借りた三十万円、間違いなく返すぜ」

おれは三十枚の一万円札を、マキの手に押しつけた。

「銀行へいってくるわ」

マキはもう、笑ってはいなかった。不機嫌そうな顔になっていた。マキとしては、借金の額が大きくなる一方であることが、気に入らないのに違いない。

五十万円になったら、もう貸してはくれないかもしれない。これを最後にして、マキから借金するのはやめようかと、おれは殊勝なことを考えていた。

おれの思いどおりになる女は、ほかにも大勢いるのだ、そういう女たちに貢がせて、マキとは金銭抜きの付き合いをしてもいいのではないか。

間もなく、マキが戻ってきた。

しかし、いつものようにマキは、金を差し出そうとはしなかった。そのうえマキはドアのところにいて、部屋の中へはいってこようともしないのである。

おれは、マキの背後にいる人影に気がついて、愕然となっていた。制服の警官が、二人も立っていたのだった。二人の警官は険しい目つきで、おれの顔をにらみつけている。

「これは、どういうことなんだ」

おれは言った。

「銀行じゃなくて、派出所に寄って来たのよ」

マキが、溜息をついた。顔色を失っていた。

「じゃあ、お前が……」

「そう、わたしがおまわりさんを、連れて来たの」

「どうして、そんなことをしたんだ」

「あんたのためだったら、大抵のことには目をつぶるつもりだし、これまでだってつぶって来たわ。でも、人殺しだけは駄目よ。だから、あんたの罪を少しでも軽くしてもらうために、こうしておまわりさんに来てもらったのよ」

「人殺しだって……」

「わたし昨夜の強盗殺人事件のことを、今朝のテレビのニュースで知っていたのよ」

「だからって、どうしてこのおれを、犯人だと決めてかかるんだ」

「さっき、あんたから三十万円の借金を返すと言われたとき、昨夜の強盗殺人事件の犯人は、この世にあんたを除いてはいないって思ったの」

「強盗が奪った三十万円という金額と、一致したからなのか」

「金額の一致じゃないわ。もし昨夜の強盗が、三十万と二千五百円を奪っていたら、わたしはいまだってあんたのことを疑ってもいないでしょうね」

「三十万と二千五百円……？」

「昨夜の被害者の所持金は、三十万二千五百円だった。でも、強盗が奪ったのは三十万円だって、テレビのニュースで言っていたのよ。お金が欲しくて人を殺したのに、三十万と一緒にあった二千五百円だけを残していく強盗が、どこの世界にいると思うの。袋ごとそっくり、持っていくわよ。でも、あんたの目的は、わたしから四十万円を借りることにあった。そのために、三十万円が必要だった。だから、二千五百円には目もくれなかったんでしょ。あんたってやっぱり、単純で頭の回転が鈍いのよ」

マキはいやいやをするように、首を振っていた。

「冗談じゃない。おれの計算は完璧だった」

思わずおれは、そう言ってしまった。

「四十万円を借りるためには三十万円だけ必要だって、計算ができすぎていたんだわ」

マキは、泣いていた。

――お前みたいに鈍いやつは気がつくまいが、四十万円を頂いてお前を殺してしまうという方法だってあったんだぜ。

そう思いながら、なぜかおれも泣いていた。

（「小説宝石」１９７９年９月号）

緑色の池のほとり
——怪奇と死体

1

東京の新宿から、急行で二時間二十分ほどかかる、その駅から、タクシーで四十分だった。駅前からバスも出ているが、一時間に一本ということである。私はタクシーを、飛ばすことにした。

目的地は村ではなく、町の一部ということになっている。だが、見た目には、山間《やまあい》の農村であった。ただ、茅葺《かやぶ》き屋根の農家は、殆《ほとん》どなかった。瓦屋根の農家が多く、どれも古い建物ばかりだった。

何の変哲もないというより、平和そのものでのんびりした農村風景が展開している。友人が言っていた無気味さも、神秘的な雰囲気もまったく感じられない。秋の日射しを浴びて、明るく静まり返っている。

東から山間の細長い平野部が、山懐ろへ食い込んでいる。樹海に被われた山が、南北から迫って来ている。西には更に高い山があって、道路はそこで行きどまりになっているみたいに見える。

しかし、県道が九十九折《つづらおり》の道となって、その山を越えているのだった。従って、山ではなく、峠ということになるだろう。峠越えの県道が通じているので、バス、小型トラック、乗用車などの往来が見られる。

その農村の中央部を、県道が貫いている。県道の両側に、幅のない水田が続いている。水田より山に寄ったところは、畑であった。山裾の斜面まで、段々畑が広がっていた。農家の殆どは、その段々畑の手前にある。

白昼はともかく、夕闇の訪れが早いことは確かだろう。三方から山が迫っているのだから、日射しが早々に遮られてしまうことは当然なのだ。友人が気味悪がるのは、その点なのかもしれない。

その友人にすすめられて、私はここへ来たのであった。推理小説の舞台としては絶対だと、友人の保証付きである。私も推理小説の舞台に絶対と言われて、それに耳を貸さないでいられるはずはなかった。

「そこに、池があるんだ。名もない池だけどね」

友人は、目を光らせて言った。

「古くからある池かい」

　私は訊《き》いた。

「そうらしい。しかし、土地の人にその池のことを、尋ねないほうがいいぜ」

「どうしてだ」

「変な目で、見られるからさ」

「その池のことに、触れたがらないというのか」

「まあ、そうだな。土地の人は、その池に近づこうとしないよ」

「何か、あるのかな」

「いや、土地の人が隠したがるようなことは、何もないんだよ」

「その池にまつわる伝説とか、昔からの言い伝えとかはどうなんだ」

「それもない。何しろ、名もない池なんだからね」

「底なし沼、といった恐ろしさが、あるんじゃないのか」

「残念ながら、底なし沼なんかじゃない。池なんだよ。それに死体が、浮き上がらないというようなこともないんだそうだ」

「じゃあ、死体が浮き上がったことが、過去にあったんだな」

「一度だけあった。その土地の娘さんが、池に落ちて死んだんだ。しかし、それにしたって池の中へ引きずり込まれたとか、何かの祟《たた》りだとかいうように、怪談じみた話ではないんだよ」

「自殺かい」

「自殺でもない。その娘さんは東京にいて、たまたま帰省したんだよ。土地に住みついている者なら当然、池に近づこうとはしなかった。しかし、大都会から帰省した人間となると、他所者《よそ》と同じように甘く見てしまう。その娘さんは雨上がりの午後、下駄ばきのままで池に近づき、足を滑らせたんだ」

「泳げなかったのかね」

「まったくの、カナヅチだった。そのために溺死したんだが、死体はちゃんと水面に浮かんだそうだ。つまり、現実的な出来事ってわけさ」

「事故死か」

「だから、そんなことでその池を、特別視する必要はないんだ」

「その娘さんの事故死、いつ頃のことだったんだい」

「もう八年も前のことだと、おれは聞いている」

「その池で死んだ者は、ほかにひとりもいないのか」

「そういう話だった」

「じゃあ、土地の人はどうして、その池を敬遠して近づこうとしないんだ」

「別に、はっきりした理由があるわけじゃないのさ。何とも薄気味悪い池だし、近づくといやな気分になる。それに、近づく必要もないからだと、土地の人たちは異口同音に言っていたね」

「近づく必要がないって、その池の水はまったく使われていないのか」

「使いものにならない無用の長物だそうだ。緑色の水をしているし、魚は一匹も棲《す》んでいないんだよ」

「埋め立てるには、費用がかかりすぎるってわけか」

「とにかく、行ってみるべきだよ。何とも言えずに無気味だし、ゾーッとするみたいに神秘的な雰囲気だ」

友人は顔をしかめて、何かを恐れるような表情を作って見せた。

「推理小説の舞台としてはスケールが小さすぎるようだが、何かをイメージするためには役立ちそうだ」

私はその時点で、すでに興味をそそられていたのだ。

丁度《ちょうど》、九月の末に講演旅行があり、その帰りに寄ってみることが可能であった。私はその計画を、美紗子に話して聞かせた。美紗子は、一緒に行きたがった。

私と一度でいいから、旅行がしてみたいと美紗子は言った。美紗子と知り合ってからまだ三ヵ月たらずであり、旅行する機会は今後に幾らでもあるはずだった。

それに講演旅行に、美紗子を伴って行くわけにはいかない。私はそのように、美紗子を説得した。美紗子は寂しそうな顔で一応、諦めたのであった。

私が美紗子と知り合ったのは、六月の末のことである。夜の十一時すぎに、私は六本木の鮨《すし》屋に寄った。私は三軒ほど飲み歩いたあとで、かなり酔っていた。

鮨屋にはほかに、女の客がひとりいるだけであった。それが、美紗子だったのだ。私と美紗子は一緒になって、酒を飲むことにした。鮨よりも、アルコールが主になった。

私たちは調子よく酔っぱらい、鮨屋を出たあとホテルへ直行してしまった。いわばハズミでベッドを共にしたのだが、私たちはすっかり意気投合した。

私は美紗子が、気に入った。素直で、やさしいのである。まだ十九歳だというが、情緒というものを感じさせる。女っぽくて、可愛いのであった。

学生ではなく、いまは失業中だという。自由な立場にあるし、生活を一変させたいと美紗子は言った。どうやら人生を見つめ直し、生き方を変えてみたいということらしいのだ。

私は美紗子に、マンションの一室を提供した。家具調度品、台所用品、彼女が身につけるものと、すべて新品を揃えた。その部屋に私は、週に三泊はするようになった。

美紗子は色が白くて、ほっそりとしていながら肉感的な身体をしていた。全裸になると、そのプロポーションが目を見はるほどであった。

特に目立つという美人ではないが、容貌に欠点とか癖とかがなかった。初々しさ、清潔感、愛嬌、媚び、恥じらい、可愛らしさがうまく調合されたような顔だった。

ベッドでは、情熱的であった。まだ完全に性感が熟しきっておらず、完全なエクスタシーというものを知っていなかった。だが、何とかして一日も早くそれを知りたがっているというように、美紗子は情熱的に私を求めて積極性を発揮するのである。

講演旅行に、出発する日が来た。私は迎えの車を、美紗子のマンションへ回してもらった。ドアのところで美紗子は、長い接吻をやめようとしなかった。

「五日も会えないなんて、初めてのことなのよ」

美紗子はそう言って、涙ぐんでいた。

講演旅行は、作家三人が一つのグループになっていた。月曜日から金曜日までの五日間に、五ヵ所の講演先を消化して、土曜日に帰京するのだった。

私たちは岐阜県から長野県の五つの都市を回って、土曜日の朝に東京へ向かった。私だけが単独行動をとり、中央本線に乗り込んだのであった。

東京からだと急行で二時間二十分かかるというその駅で、私が下車したのは正午前である。駅からタクシーを飛ばして、のどかな農村風景を目にしたのは、午後一時ということになる。

私は友人に言われた通り、土地の人には何も尋ねなかった。右手の山裾へ向かい、雑木林を抜けた。何となく道らしく見える線上を、私は汗ばみながら上がって行った。

やがて、密林のような樹海の中へはいった。山の中腹が、のしかかるように迫って来た。私は樹海の中から、光るものを見た。それは池の水面だった。

2

見るからに、陰気な感じであった。暗いせいであった。一方に、山の中腹の崖が、そそり立っている。しかも、池の周囲は切れ目のない樹海であり、空が極端に狭いのであった。

樹海を抜け出して、池を見るのではない。樹海の中に、池があるようなものだった。一日のうち、何時間ぐらい日が射すのだろうか。昼間の殆どが、この池を日蔭に置いているのに違いない。

小さな池であった。緑色の水が澱《よど》んでいて、波紋が広がることもない。どこから水が流れ込み、どこへ流れ出るのか見当もつかなかった。

水草や植物の葉が、まったく見当たらない。風も吹き抜けないらしく、水面は微動だにしなかった。無気味に静まり返っていて、鳥の声さえ聞えない。

池の主として怪物がいるのではないかと、そんなユーモラスな考えは起させない。より陰湿であり、暗い気持にさせられる。妖気が漂っているかのように、確かに背筋を冷たくさせられるのだ。

薄気味が悪くて、何かにじっと見つめられているようで、あたりに目を配ってしまう。いやな気分にさせられるからと、土地の人々が寄りつかないというのも、もっともだと私は思った。

池の岸辺は、湿っていた。ジメジメした地面で、日に照らされたことがないように、感じられた。視界全体が薄暗くて、白昼という気がしなかった。

神秘的というよりも、もの凄いの印象であった。現代に人も寄りつかないこのような池が存在していること自体、何とも恐ろしくて違和感を覚えるのだった。

私はふと、逃げ腰になっていた。動くものを、私は目の隅に捉えていたのだった。私は何とかその場に踏み留まって、改めて動くものに目を向けた。

それは、人間であった。池の岸にすわっていた男が、立ち上がったのである。背広を着て、サン・グラスをかけている。二十七、八の青年であった。

この土地の者ではないという印象だし、私は親近感を覚えていた。私は青年のほうへ、足を運ぶことにした。青年も私に気づいて、おやっという顔をした。

「どちらから、お見えですか」

私は声をかけた。

「東京からです」

青年はかかえている紙袋を、ガサガサさせながら答えた。

「わたしもなんですよ」

私はスーツ・ケースを置くと、それに腰をおろした。

「こんなところへ、何をしにいらしたんです」

青年が訊いた。咎《とが》めているような口調だった。

「知り合いから、この池のことを聞かされてましてね。旅行の帰りに、ふと寄ってみる気になったんですよ」

「そうですか」

「あなたはどうして、ここへいらしたんです」

「ぼくは……」

「ここが、郷里なんですか」

「いや、違います」

「だったら、どうして……？」

「ぼくは、そのう……」

青年は明らかに、戸惑っていた。不安そうな顔つきでもある。この青年の顔には、笑いというものがなかった。まだ一度も、青年は笑っていない。

深刻な面持ちであり、いかにも眼差《まなざ》しが暗かった。顔色も悪く、病み上がりのように憔悴している。衝撃的な悲劇に、直面しているという感じであった。

「何か事情が、おありのようですな」

私はもう好奇心を、抑制できなくなっていた。

「ええ、まあ……」

青年は、曖昧《あいまい》に答えた。

「よろしかったら、お聞かせ頂きたいんですがね。わたしは小説を書いている人間で、別に他意はありません」

「やっぱり、そうだったんですか」

「何がです」

「最初、見たときにそうじゃないかって、思ったんです。ぼくも、あなたの本は何冊か読んでいるし、写真でお目にかかっているんですよ」

「そうでしたか」

「先生にだったら、話してもいいかな。ほかの連中は誰も信じてくれないけど、あなたならぼくの話を信じてくれそうな気がするんです」

「そんなに何か、不思議な体験をされたんですか」

「そうなんです。その体験を、信じてくれる者はひとりもおりません」

「是非、聞かせて下さい」

私は乗り出すようにして、青年を見上げた。

「お話しします」

青年も紙袋を置いて、その上に腰を据えた。

「いかがです」

わたしはタバコを差し出したが、青年は首を振って抜き取ろうとはしなかった。

「一年前の今日も、ぼくはここに来たんですよ」

青年は言った。

「ほう」

私は、タバコに火をつけた。

「去年の三月に、ぼくはひとりの女と親しくなりました。同じ列車の隣合わせの席に乗り合わせて、喋っているうちにすっかり親しくなってしまったんです。列車が東京につくまでに、ぼくは完全にその女性に魅了されたんですよ」

「一目惚れですね」

「彼女のほうも、好意以上の感情を持ってくれました。その後、ぼくの勤め先に彼女から電話がかかるようになり、デートを重ねているうちに深い関係に発展してしまいましてね」

「当然のことでしょう」

「ぼくも真剣だったし、彼女との結婚も考えました」

「結婚すれば、よかったんじゃないんですか」

「それが、難しい問題でしてね」

「何か障害があったんですね」

「実はそのとき、親のすすめで見合いをして、婚約をすませていたんですよ。その婚約を理由もないのに破棄すれば、大勢の人に迷惑をかけ、恥をかかせることになるでしょう。そこでニッチもサッチも、ゆかないってわけになってしまったんです」

「その点について、彼女のほうはどういう気持でいたんです」

「それが、唯一の救いでした。彼女は、結婚なんて考える必要はないと、言ってくれていたんですよ」

「なかなか女性には、言えないことなんですがね」

「いずれにしても、ぼくたちは離れることができません。それで誰にも知られないようにアパートを借りて、二人はそこで同棲することになりました」

「誰にも、知られずにね」

「家族の者には、会社の独身寮にはいる、と嘘をつきました」

「一応、誰にも気づかれずに、すんだわけですね」

「ええ、もう神経過敏症になるくらい、あれこれを気遣いましたがね。その代わり、彼女との生活は素晴らしいものでした」

青年は甘い過去を、回想する目つきになっていた。

青年にしてみれば、蜜のような生活とでも言いたかったのに違いない。いまどき珍しいくらいに女らしくて、陽気で、親切で、蜜のような甘い雰囲気を作るのがうまかったという。

六畳と四畳半に小さな台所という住まいだが、青年にとってはまさに楽しいわが家だったのだ。青年の父親は事業家であって、家族揃って豪邸と言われる屋敷に住んでいた。だが、その豪邸での暮らしも、彼女と同棲中のアパートに比べたら、色褪《あ》せた生活の場にすぎなかったのだ。

青年には、夢のような毎日であった。二人は夫婦というよりも、恋人同士だった。いや、恋人同士以上に甘い関係であった。この世に二人きりの、男と女だったのだ。

「愛しているわ」

「しあわせよ」

「もう、死んでもいい」

彼女は一日に何回となく、うっとりとそんな言葉を口にするのであった。ベッドの中で突然、声を上げて泣き出すこともあった。それは、嬉《うれ》し泣きだった。

「しあわせすぎて、泣けてしまうのよ」

彼女は、そう言うのである。

その言葉がまた、青年に張り合いを持たせることになる。青年はこんなにも異性が愛《いと》しくなるものなのかと、自分でも驚いたほどであった。

夏がすぎた。

二人の蜜のような生活に、何の変化も見られなかった。婚約した相手との挙式は、来年の四月に決まっていた。いつかは、来年の四月になる。そのとき彼女との仲は、どうなってしまうのだろうか。

と、青年はもう、そんなことも考えなくなっていた。

3

私は、青年の顔を見守った。

どこかで見たような顔だと思っていたが、実は青年は私によく似ているのであった。もちろん、年の差ははっきり出ている。だが、私と青年は兄弟のように、顔立ちや表情が似通っているのだった。

「その後に、何かあったんですか」

私は、口を噤《つぐ》んでいる青年を、促した。

「え……？」

われに還ったというように、青年は顔を上げた。

「話の続きですが、その後に何かあったんですか」

私は同じ質問を、繰り返していた。

「そう、そうなんですよ」

青年は、慌てて頷いた。

九月の下旬になって、青年は大阪へ出張を命ぜられた。期間は五日間だが同棲を始めて以来、二人が五日間も離れて過すというのは初めてのことであった。

出張で大阪へ向かうことになったその前夜、二人は名残りを惜しんで激しく愛し合った。愛し合ったあと男女の胸を訪れるのは、将来の安定か不安である。

「いったい、どうなるんだろう」

青年は、その不安を口にしないではいられなかった。今年いっぱいで独身寮を出るように、青年は父親から厳しく言われていた。来年になると、結婚への準備も具体化しなければならない。

「来年のこと……？」

彼女は、天井を見上げていた。暗い顔だった。

「そうだ」

青年は、彼女を抱きしめた。

「仕方がないわ」

彼女は、投げやりな言い方をした。

「仕方がないで、すませられるのかい」

「すますほかはないでしょ」

「ぼくたち、別れることになるのか」

「多分……」

「そんな馬鹿な」

「別れるように最初から、運命づけられていたの」

「今夜の君は、どうかしているんだ。君のほうは、別れられるのかい」

「仕方がないもの」

「別れたいのか」

「別れたくないわ。でも……」

彼女の顔は、いつになく冷ややかであった。だが、目から涙が、溢れ出ていた。彼女もやはり、青年の結婚という重大な障害について、深刻に考えているのである。

そのことを気にかけながら翌日、青年は大阪へ出発したのだった。三日間は、東京の彼女のところへ電話を入れる暇があった。しかし、四日目にはそれだけの余裕がなくて、青年は帰京する日の朝、東京へ電話を入れたのだった。

応答はなかった。その後、一時間置きに電話をかけたが、結果は同じであった。青年は帰りの新幹線の中からも、電話を入れてみた。彼女は、電話に出なかった。

青年はアパートの部屋につくと、押し入れからトイレ、浴室、ベッドの下まで調べてみた。しかし、彼女の姿はどこにも、見当たらなかったのである。

部屋の中には、何の変化も見られなかった。いつもと、そっくりそのままの室内であった。彼女の洋服も靴もバッグも、ちゃんと残っているのだった。彼女の身体だけが、消えてしまっていた。

二日、待ってみた。

だが、彼女は帰って来ない。何の連絡もなかった。どこへ消えたのか、見当のつけようもない。

よく考えてみると、青年は彼女の過去や家族、経歴について何も知らないのであった。半年近くも同棲していながら、彼女がどこの何者なのか、青年にはまるでわかっていないのである。

それは、彼女が自分に関しての一切を、喋りたがらないからであった。青年もあえて、訊き出そうとはしなかった。そのくらい青年にとっては、彼女とともに過す今日というものが大切だったのだ。

彼女の過去や立場を知ったところで、何があるのだろうか。そう長くは続かない関係であり、近い将来に別れることになるだろう。現在の彼女を愛し、いまを大事にすることで、青年は夢中だったのである。

それだけに、彼女を捜しようがなかったのだ。その行方を誰かに尋ねたり、問い合わせたりすることができない。ただ、青年は彼女の郷里についてだけ、話を聞かされていた。それを思い出して、青年はすぐに彼女の郷里へ向かった。

彼女は、別れるのはやむを得ないことだと、涙を浮かべていた。恐らく青年が出張中に、彼女は別れる決心をして、郷里に帰ってしまったのだろう。

しかし、青年は彼女の郷里の家を訪れて、そこでまったく信じられないような事実を知ったのである。あまりの恐ろしさに、青年は気を失いそうになった。

青年は、彼女の写真を見せてもらった。間違いなく、彼女の笑顔が写っていた。だが、その写真は七年前、彼女が十九歳のときに撮影したものだというのである。

青年は、顔色を失った。青年と同棲中の彼女も十九歳であり、それに相応《ふさわ》しい顔、肌、身体をしていた。ところが彼女は七年前に十九だったと、家族たちは言うのである。

七年前の写真の彼女も、青年が知っている彼女も、そっくりそのままであった。ともに、十九歳の娘らしい彼女だった。十九歳と二十六歳の差など、まるで見られなかった。

更に青年は愕然となって、気が遠くなるような話を聞かされたのであった。彼女はもう、この世の人ではないというのである。十九歳のときに、死んだということだった。

彼女は高校を出るとすぐに上京して、会社に勤めるようになった。そして間もなく、彼女は恋をする娘となったのだ。相手は同じ会社に勤めていて、彼女にはすぎたる青年だったという。

二人は、熱烈に愛し合った。男の親たちも二人の仲を認めて、結婚は時間の問題であった。たまたま法事があって帰省したときも、彼女は緩《ゆる》みっぱなしの顔で、彼のことを家族に聞かせたのだった。

傍目《はため》にも、心から嬉しがっているとわかった。世界一、幸福だ。まるで、雲の上にいるみたいな気分だ。世の中が、バラ色に見える。と、彼女は言っていた。

だが、彼女は幸福の絶頂にいて、無残にも死んでしまったのである。法事もすんで、東京へ帰るという前日、彼女は北の山の山裾にある池に落ちて溺死したのだ。

土地の人も気味悪がって近づかない陰気な池へ、彼女は下駄ばきのままで出かけて行き、足を滑《すべ》らせたのである。引き揚げられた彼女の死体の顔は、泣いているみたいに悲しげだったという。

青年はもう一つ加えて、ショッキングなことを聞かされなければならなかった。それは、青年が彼女の郷里の家を訪れた日が、彼女の命日だということだった。

青年はその足で彼女の墓に参り、それからこの池にも寄ってみた。以来、青年は半病人となり、結婚も取りやめて、未だに勤めにも出ていないのであった。

そして一年後の今日、青年は彼女の墓参りのためにこの土地へ来た。ついでに、池にも寄ってみた。そこへ私が現われた、ということになるのである。

「去年は七年前でしたけど、いまでは八年前に彼女はこの池に落ちて亡くなったということになります」

青年が青ざめた顔を、私のほうへ向けた。

「すると今日が、彼女の命日というわけですね」

私は、タバコに火をつけた。その私の指先が、震えるのを隠しようがなかった。私は寒気を、覚えていたのである。

「ぼくは半年近くも同棲していた彼女が、七年前に死んでいた人間だなんて、未だに信じられないんですよ」

「当然です」

「彼女は、陽気だった。しあわせすぎるくらいだ、もう死んでもいいなんて、ぼくに言っていた彼女なんですよ」

「それは多分、かつての彼女が恋人に言っていたことなんでしょう」

「彼女はいつも、火照《ほて》るように熱い身体をしていた。情熱的だった。セックスにしても本物だったし、彼女とは完全に結合していたんですからね」

「何もかも、かつての彼女そのままだったんですよ」

「だったら、もっと長続きさせようとすべきです。どうして彼女は、急に消えてしまったりしたんでしょうか」

「よくは、わかりません。しかし、命日には消える、ということになっていたんじゃないでしょうか。あの世には、そうした約束事があるのかもしれません」

「そうですね」

「それよりも、生前の彼女にはまったく縁がなかったあなたのところへ、どうして彼女は現われたりしたんでしょうか。その点が、どうも理解できませんね」

「それについては、ぼくなりの推理が成り立っているんです」

青年はそう言って、寒そうに肩をすくめた。

4

青年の体験談を、本気で聞く者はいなかった。古い怪談だ、彼のほうが頭がおかしくなったのだと、蔭口を叩くだけだった。家族たちも、ただ彼が病気にかかったのではないかと、心配するばかりである。

ただひとり、彼女の墓がある寺の住職だけが、青年の話に耳を傾けてくれた。それも話を信じたというよりは、一種の好奇心からのようであった。
話を聞き終わったあと、住職はいろいろな解説を試みた。それに青年は、彼女の姉から
ある事実を聞かされていた。その住職の解説と彼女の姉の話から、青年の推理は成り立っ
ているのである。
まず、彼女の姉の話である。
「妹の恋人だった人ですけどね。妹が死んだときも東京から駆けつけてくれましたし、わ
たしは三度ばかり会ったことがあるんです。こうして、あなたにお会いしてわたしもびっ
くりしたんですけど、あなたがその妹の恋人だった人にそっくり生き写しなんですよ。本
当に、よく似ています」
「妹の恋人だった人も、六年前に亡くなっているんです。山で遭難したんだそうですけど
……」
住職の話によると、彼女は幸福の絶頂にあり、今後のバラ色の人生にも大きすぎるくら
いの期待を持っていて事故死を遂げたために、この世への未練が強かったのではないかと
いう。
単にこの世というのではなく、恋人とその関係に未練があったのである。それで彼女の
霊は生きている人間の姿となって、恋人との関係を続けようとしたのに違いない。
恐らく彼女は、その恋人のところへ何度となく姿を現わしたことだろう。ところが、わ

ずか一年で、その恋人も遭難死を遂げた。ともに死者となったのだから、それでよさそうなものである。

しかし、彼女の未練は、この世での恋人との和合のみに向けられている。それで彼女は、生きているかつての恋人を求める。その恋人はすでに死者であるから、それにそっくり生き写しの男の前に出現する。

当然、彼女は死んだときの、十九歳のままである。だが、所詮この世の者ではないので、長い関係を続けることはできない。命日になると消えてしまい、やがて別の男の前に現われる。

その男というのは、かつての恋人にそっくり生き写しであり、彼女と関係を持つことが可能な者に限られる。

「まあ、こういうことになるんです」

青年は、陰鬱に静まり返っている池へ、視線を投げかけた。まだ日暮れる時間でもないのに、池とその周辺は薄暗くなっていた。私はいまにも、池の水面に女の死体が浮かぶのではないかと、そんな恐怖感に捉われていた。

「参りましょうか」

私は立ち上がって、そう言った。恥ずかしいことに、私は逃げ出したい気持になっていたのだ。あまりに無気味な場所で、怪談を聞かされたせいである。

「いや、ぼくはもう少し、ここにいたいんです」

青年は苦笑した。

「そうですか」

私は、スーツ・ケースを手にした。

「ところで、ぼくの話、信じて頂けましたか」

「もちろんです」

「それはどうも、ありがとうございます」

「お礼を言われるようなことじゃないでしょう」

「いや、ひとりでも信じて下さる人がいれば、美紗子もきっと喜んでくれるでしょうからね」

「美紗子……?」

私は眉をひそめて、自分の耳を疑っていた。

「彼女の名前ですよ」

青年は、懐かしむような目で頷いた。

「美紗子さんというんですか」

「そうです」

「字は……?」

「美しいに、袱紗《ふくさ》の紗に子です」

「それで、苗字は……?」

「中山です」

「中山美紗子……!」

　私は頭を一撃されたようなショックを覚え、ガクガクと震える全身を硬直させていた。愕然となるとは、こういうのを言うのに違いない。

「どうか、しましたか。顔色が、悪いみたいですけど……」

　青年が言った。

「いや、何でもありません。とにかく、これで失礼します」

　私は夢中で、駆け出していた。樹海の中の道を走りながら、私は何気なく振り返った。私の視界に、青年の姿はなかった。まさか消えてしまったわけでもないだろうと思いながら、私は心臓が凍りつくような気持であった。

　樹海と雑木林を抜けて、私は農道まで一気に駆けおりた。待たせておいたタクシーの中へ、私は転がり込んだ。血相を変えてとは、このことであった。

「お客さん、何かあったんですか」

　運転手が訊いた。

「いや、気分が悪くなっただけですよ」

私はバック・ミラーの中に、紙のように白くなった自分の顔を見出していた。タクシーが走り出してからも、私の全身の震えはとまらなかった。

中山美紗子――。

「偶然の一致だ！」

私は胸のうちで、そう絶叫していた。

「いや、偶然とは思えない」

もうひとりの私が、冷静に反論した。

「中山美紗子という名前の女なんて、幾らでもいるはずだ！」

「青年の言う中山美紗子と、東京のマンションでおれの帰りを待っている中山美紗子とは同じ人間の霊だろう」

「違う！」

「年も、同じ十九だぞ」

「それも、偶然だ」

「中山美紗子はいつまでたっても、死んだときの十九歳のままなんだ」

「おれが八年も前に死んだ女と、三ヵ月間もベッドを共にしていたなんて、そんなことはあり得ない」

「あの青年は、半年近くも同棲していた。それでも青年は、生きている女とばかり思っていたんだ」

「美紗子は、陽気だった。情熱的で、冷たい肌をしていたことなんて一度だってなかった。おれに抱かれると、火照るように全身が熱くなった」

「あの青年も、同じようなことを言っていた」

「あんなに激しく燃えて、完全ではないにしろ歓びの声を上げることだってあったんだぞ」

「彼女は、単なる幽霊じゃない。かつての恋人と愛し合うことを、そっくり再現させていたんだ」

「信じられない！」

「あの青年とおれは、兄弟みたいによく似ていた。つまり、おれも彼女のかつての恋人に、そっくり生き写しだということになるんだ」

「だから、おれもあの青年のように、彼女に取り憑《つ》かれる条件を、具《そな》えているということなのか」

「そうだ」

「しかし、おれはもう、四十になろうとしている」

「あの青年や、彼女のかつての恋人のように、若くはないと言いたいのか」

「事実、そうだろう」

「そっくり生き写しで、彼女を愛せる男であれば、年なんて問題じゃないんだ」

「もう、やめてくれ！」

「それに、おれは美紗子の過去や家庭や友人関係を、詳しく知っているだろうか」

「失業中で自由な立場にあって、新しい生き方をしてみたいと、知っているのはそれだけだ」

「あの青年は列車の中で、彼女と知り合ったと言っていた。おれは美紗子と、鮨屋で知り合った。ともに曖昧で、偶然を装っているみたいに、中山美紗子は出現しているじゃないか」

「聞きたくない！」

「おれと一緒に、あんなに旅行をしたがっていた美紗子。おれが出かけるとき、これまでになく寂しそうな顔をしていた美紗子。彼女がもし、あの池で死んだ中山美紗子なら、命日には消えるはずだ。今日が、その命日だという。まずは東京のマンションへ、電話を入れてみるべきだ」

　私はタクシーの中にいるうちから、硬貨の準備をしていた。タクシーが駅前につくと、私は運転手に料金を払い、スーツ・ケースを片手に公衆電話へと走った。

　東京のマンションへ、電話をかけた。聞き覚えのある音色で、コール・サインが始まった。美紗子、頼むから部屋にいてくれ、お願いだから電話に出てくれと、私は心の中で叫び続けた。だが、空しくコールが繰り返されるだけで、いつまでたっても美紗子は電話に出なかった。私は、慄然《りつぜん》となった。

（「週刊小説」1976年9月臨時増刊号）

Closing

有栖川有栖

※本編を読了後にお読みください。

　暗号が解けたかと思ったら、そこから怒濤《どとう》のどんでん返しがくるという『シェイクスピアの誘拐』。本作は一九八二年版の『推理小説代表作選集　推理小説年鑑』に収録された。

　いきなり強烈なパンチを食らった次にくるのは、がらりと趣《おもむき》を異にした『年賀状・誤配』である。元日の朝、締切を抱えた推理作家のもとにどーんと届いた五百余通の年賀状の中に誤配されたものが一通。文面は何やら不吉で、年始の挨拶《あいさつ》とは思えない。これはいったい何なのか？　妻と二人であれこれ推理を巡らせる、という論理遊戯に徹した安楽椅子探偵もの。

　笹沢ミステリを読んでいると、読者をできるだけ面白がらせようとする作者の執念に似たものをよく感じるが、本作などは「こうするともっと面白いかな。こんな推理も成り立つ」と楽しく考えながら書いたのではないか。推理が思いがけない終点に達した時、「やられた！」となるのが気持ちいい。

『知る』は、設定の捻《ひね》り具合からして驚かされる。〈わたし〉は、ある人物の不審な影を目撃したため、相手に殺されることを覚悟するのだが、自分の余命が短いと知っているために恐れない。それどころか、影の正体が判るのを楽しみに、殺人者の到来を待っている。

殺しにくるのは誰か？　――というのだから、一種の犯人探し小説だ。それでいて、倒叙ものになっているという独創性に感服するしかない。

四編目以降は、コンパクトな作品が並ぶ。

『愛する人へ』はオチのキレが鋭《するど》く、笹沢ミステリらしいムードと余韻《よいん》が素晴らしい。作者は不在証明をテーマに掲げているが、倒叙ものの名編でもある。「うん、なかなかよくできた短編ミステリだったたな」では終わらない。いつか、ふと窓の外に雪を見た折に、この作品のラストがあなたの脳裏に甦《よみがえ》るかもしれない。

ユーモラスな場面や台詞を作品から排除した推理作家は、昭和では珍しくなかった。たまに書いても作中人物が軽口を叩《たた》くぐらい。笹沢左保もその口なのだが──。

物知らずを自認している女子大生と博識を鼻にかけた中年男性のカップルが登場する『盗癖』は、笹沢流のブラックなユーモア推理でもあるのだろう。意外な動機をテーマに据えたらしいが、これも倒叙ものとして読める。コミカルなやりとりが結末への伏線になっているところがこの作者らしい。

『現われない』も意表を突いてくる。人物消失（あるいは人間消失）と聞いたら、袋小路になった空間に入った人間が煙のごとく消えてしまう謎＝密室トリックの一種だと思う。ところがここで描かれるのは、恋人が事故死したのに交際していた男性はなぜ通夜にも現われず、姿を消してしまったのか、という人間の行動についての謎なのだ。なるほど、これも人が消えるミステリか。真相を書きながら、作者の口元には会心の笑みが浮かんでいたことだろう。

『計算のできた犯行』は、『盗癖』よりもユーモア推理度がさらに高い。ただ面白おかしいのではなく、幕切れには人間臭い悲哀も漂う。望まぬまま探偵役を務める羽目になったマキと、最後に泣き出してしまう〈おれ〉。演出次第で落語の高座に掛けられそうだ。

笹沢は、怪奇小説をまとめた『午前零時の幻夢』（七七年）という短編集も出している。掉尾《ちょうび》を飾るのは、怪奇作家の一面を押し出した『緑色の池のほとり』。幽霊があからさまに現れるわけではないが、怪奇ムードのミステリというより、これはもう怪談だろう。怪談でありながら作中に「推理」という言葉が出てくる。作中人物が理性を保とうとあがいているのだと考えると、恐ろしさが増す。

内容充実の一冊、満喫していただけただろうか。〈必読！ Selection〉では、日本推理作家協会の年鑑に採られた作品をコンプリートしたオリジナル短編集なども企画している。

どうかお楽しみに。

本作は1987年6月刊の講談社文庫版を底本といたしました。作品はフィクションであり実在の個人・団体などとは一切関係がありません。

なお、本作品中に今日では好ましくない表現がありますが、著者が故人であること、および作品の時代背景を考慮し、そのままといたしました。なにとぞご理解のほど、お願い申し上げます。

（編集部）

徳間文庫

有栖川有栖選 必読！ Selection11

シェイクスピアの誘拐《ゆうかい》

2023年6月15日 初刷

著者 笹《ささ》沢《ざわ》左《さ》保《ほ》

発行者 小宮英行

発行所 株式会社 徳間書店

東京都品川区上大崎三－一－一 〒141－8202
目黒セントラルスクエア

電話 編集〇三(五四〇三)四三四九
販売〇四九(二九三)五五二一

振替 〇〇一四〇－〇－四四三九二

印刷 製本 大日本印刷株式会社

ISBN978-4-19-894863-4